Anne
Cameron

Töchter
der Kupferfrau

Zu diesem Buch

Anne Cameron erzählt nach den mündlichen Überlieferungen der Nootka-Indianerinnen auf Vancouver Island einen Zyklus von Geschichten zur Entstehung der Menschen. Kupferfrau ist die Urmutter, aus Sand und ihrem Rotz entsteht Rotzbube, der erste Mann; ihre gemeinsamen Töchter und Söhne zeugen die Menschen. Frauen planen und bauen das Haus, die Gemeinschaft, schaffen eine solidarische Welt.

Im zweiten Teil berichtet Granny, die heutige Kupferfrau, über das Anrücken der Weißen und ihrer Priester, der Schwarzröcke, der Krieger. Die indianischen Frauen und Männer sind zwar nicht wehrlos, aber Gewehren und Grausamkeit ist nur mit List, Mut und Selbstaufopferung beizukommen. Grannys handfeste, unzimperliche Sprache nimmt ihren Erzählungen etwas vom tödlichen Ernst und gibt ihnen Kraft und auch Humor.

Die Autorin

Anne Cameron wurde in Nanaimo auf Vancouver Island in British Columbia, Kanada, geboren. Sie ist indianischer Abstammung und schreibt Geschichten, Theaterstücke, Drehbücher und Reportagen.

Anne Cameron

Töchter der Kupferfrau

Aus dem kanadischen Englisch
von Thomas Marti

Unionsverlag
Zürich

Die Originalausgabe erschien 1981
unter dem Titel *Daughters of Copper Woman*
bei Press Gang Publishers, Vancouver
Die deutsche Erstausgabe erschien 1993
im Verlag Im Waldgut, Frauenfeld

Unionsverlag Taschenbuch 79
Diese Ausgabe erscheint mit freundlicher Genehmigung
des Verlags Im Waldgut, Frauenfeld

Rieterstrasse 18, CH-8059 Zürich, Telefon 01-281 14 00

Umschlaggestaltung: Heinz Unternährer, Zürich
Umschlagillustration: Art Thompson
Druck und Bindung: Clausen und Bosse, Leck
ISBN 3-293-20079-6

Die äußersten Zahlen geben die aktuelle Auflage
und deren Erscheinungsjahr an:

2 3 4 5 – 99 98

Inhalt

Für Alex, Erin, Pierre, Marianne und Kim
in Liebe und Dankbarkeit.

Mein Dank gilt auch den Nootka aus dem Dorf Ahousat,
die ihre Geschichten und ihr Leben mit mir teilen.
Besonderen Dank an Margaret Atleo.

In Erinnerung an Mary Little.

Vorwort

Während vieler Jahre habe ich von den Eingeborenen auf Vancouver Island Geschichten gehört, die seit Generationen mündlich überliefert werden. Diese Erzähltradition ist jetzt bedroht. Unter den Geschichten finden sich einige besondere, die ein kleiner Kreis lieber Frauen mir mitgeteilt hat. Sie gehören einem Geheimbund an, dessen Wurzeln über die Geschichtsschreibung hinaus bis zu den Anfängen der Zeit zurückreichen.

Diese Frauen haben ihre Geschichten mit mir geteilt, weil sie wußten, daß ich sie nicht ohne ihre Erlaubnis weitergeben würde. Vor einigen Jahren haben sie mir erlaubt, Gedichte über Alte Frau zu schreiben. Im Sommer 1980 sagten sie mir, ich dürfe nun über mein Wissen sprechen, sofern ich dies wolle. Die von mir gewählte Erzählform kommt der Art und Weise, wie mir die Geschichten anvertraut wurden, am nächsten.

Einige der eingeweihten Frauen gehören einem matriarchalen, also mutterrechtlichen Bund an. Diese Frauen möchten nicht öffentlich genannt oder honoriert werden. Sie möchten ihre Identität und die Riten ihrer Gesellschaft geheimhalten. Diesen Wunsch respektiere ich.

Die Gründe dafür, daß sie ihre Wahrheit nach so vielen Jahren des Schweigens mit uns teilen wollen, gehen aus den Geschichten hervor. Sie möchten keine weiteren Erklärungen hinzufügen.

Dieses Buch soll ein Impuls des Friedens sein, den diese wenigen Frauen mit Unterstützung eines Frauenkollektivs in Liebe und in Schwesternschaft an alle andern Frauen senden, damit sich die Fehler und Mißbräuche der Vergangenheit nicht wiederholen. Es gibt einen besseren Weg, Dinge zu tun. Einige von uns können sich an diesen besseren Weg erinnern.

Lied für die Toten

Die in der Einleitung zum *Lied für die Toten* genannten Zahlen entstammen nicht der matriarchalen Überlieferung. Die Frauen, die die Familienstammbäume und Bevölkerungszahlen im Kopf hatten, starben während der Epidemien. Die einzigen Angaben über Bevölkerungszahlen stammen von den *memorizers* (Erinnerern) des Kriegerbundes, denen zufolge ein Mann mehrere Frauen hatte, während die weiblichen *memorizers* der Ansicht waren, daß sich mehrere Frauen einen Gatten teilten. Die Mitglieder des Kriegerbundes kamen aus dem Adel oder der Königsfamilie. Gemeine und Sklaven bildeten die zwei anderen Gesellschaftsschichten. Die Angaben über ihre Anzahl ging ebenso verloren wie die der Frauen und Kinder.

Vor dem Ausbruch der europäischen Krankheiten lebten auf dieser Insel offensichtlich viel mehr Menschen, als dies das *Lied der Toten* angibt. In Anbetracht der Toten unter den *memorizers* sind die Angaben so genau, wie es eben geht. Ich glaube, viele tausend Menschen starben, ohne daß sie gezählt worden sind. Ich bedaure dies.

In den 85 Jahren zwischen Captain Cooks Besuch 1778 und der Volkszählung durch die Royal Fellowship 1863 wurde das Volk der Nootka stark dezimiert.

Die Nitinat zählten einst mehr als 8000 Menschen – weniger als 35 sind übriggeblieben.

Yuquot, das einst 2000 Männer mit jeweils mehreren Frauen beherbergte, dazu Kinder und Sklaven, zählt weniger als 200 Menschen.

Clayoquot mit mehr als tausend Kriegern mit jeweils mehreren Frauen, dazu Kinder und Sklaven, wurde auf total 135 Menschen reduziert.

Tahsis mit mehr als 2000 kämpfenden Männern mit jeweils mehreren Frauen, dazu Kinder und Sklaven, schrumpfte auf 60 Menschen.

Die Zivilisation brachte Masern, Keuchhusten, Windpocken, Diphtherie, Pocken, Tuberkulose und Syphilis.

Wir schlagen die Trommeln
und singen die Lieder
wir feiern ein großes Totenfest
denn unsere Kinder sind weg
und keines blieb zurück.
Komm zurück mein Neffe, wir vermissen dich
Komm zurück meine Tochter, wir vermissen dich
Komm zurück mein Sohn, wir vermissen dich
Kommt zurück ihr Verschwundenen, wir vermissen euch
Kommt zurück, wir sind einsam
Wo seid ihr geblieben
Kommt zurück, wir sind einsam
Wo seid ihr geblieben
Kommt zurück, wir weinen
Wo seid ihr geblieben
Kommt zurück, wir fragen
Wo seid ihr geblieben
Komm zurück mein Bruder
Komm zurück meine Schwester
Komm zurück mein Vater
Komm zurück meine Mutter

Wir werden euch ein Lied singen
Wir werden dem Fluß zum Meer folgen
Und unsere Tränen den Wellen übergeben
Die Flut wird steigen
Die Flut wird zurückgehen
Die Nacht wird kommen
Die Nacht wird gehen
Ihr werdet nicht kommen
Ihr, die ihr gegangen seid

Wohin seid ihr gegangen?

Wir singen von unseren Sorgen
Wir singen von unserem Kummer
Wir singen von unserem Abschied
und unserer Verwirrung

Warum seid ihr gegangen?

Alte Magie

Kein Mensch war auf der Insel, und niemand sah, wie das unförmige Boot vom Wind, den Gezeiten und den launischen Strömungen in die Bucht getrieben wurde. Weder Otter noch Robbe kümmerte es, daß ein Windstoß das Gefährt aus Tierhäuten an den steilen Klippen zerschmettern könnte; weder Kormoran noch Adler kümmerte es, daß der flackernde Lebensfunke in Gestalt des letzten, ausgemergelten Menschen ersticken würde. Die kleine, dürre Gestalt bewegte sich nicht, sie atmete flach, ihr langes Haar war glanzlos und dünn, die geöffneten Lippen trocken und rissig. Die Haut des Kindergesichts war straff über die noch weichen und nicht voll ausgebildeten Knochen gezogen.

Die alte Magie, die alten Bräuche, sogar die Alten selbst scheinen an einem neuen Ort oft machtlos zu sein. Liegt es daran, daß sie ihre Kraft aus dem Vertrauten schöpfen? Oder liegt es daran, daß sie Ereignisse geschehen lassen und sich nur rühren, wenn es notwendig ist? Oder haben sie Gründe, die nur sie selbst ganz begreifen können, Gründe, die es zuließen, daß zwölf von dreizehn Schwestern die Schale innerhalb weniger Stunden verlassen hatten, alle im selben Sturm, der die Schale jetzt an diesen Ort gebracht hat? Möglicherweise haben die zwölf ihre Lebenskraft absichtlich aufgegeben, um den noch immer glühenden Lebensfunken im verbliebenen, kostbaren und jüngsten Kind zu nähren, dessen grüne Augen von dünnen, bleichen Lidern bedeckt wurden und das so erschöpft war, daß seine Wimpern nicht einmal zuckten.

An einer felsigen, von Klippen beherrschten Küste, wo die Berge aus dem Meer aufragen und die Flüsse ungehindert durch tiefe Gräben fließen, an einer Küste, wo der Ozean selbst bei warmem Wetter kalt ist, wo sich menschliches Leben nicht lange halten kann und das Wasser unergründlich tief ist, an einer Küste von rauher, nackter Schönheit kam das zerbrechliche Gefährt an einer seltenen und wunderbaren Stelle zur Ruhe: An einem Strand, der durch Felsen und Riffe geschützt war. Nur die Alten wissen, wie die kleine Schale aus Tierhäuten dem Untergang entgehen konnte.

Die Flut war auf ihrem höchsten Stand, es war eine mächtige Herbstflut, das Wasser überspülte den Strand mehrere Fuß höher als sonst, und als die Anziehung des Mondes nachließ und das Wasser zurückging, lag das kleine Gefährt auf Kieselsteinen. Es war ein Strand, aber kein Sandstrand – Steine, runde, kleine Steine in allen Farben, Tönungen und Schattierungen. Als der kurze, heftige Regen seine nasse Fracht niedergehen ließ, fielen die kühlen Tropfen auf ausgedörrte, rissige und vor Schwäche halb geöffnete Lippen. Reflexartig leckte die geschwollene, taube Zunge die Tropfen auf. Der Regen sammelte sich am Boden des kleinen Bootes und durchtränkte die wenigen dürftigen Lumpen, die auf dem ausgezehrten Leib des kleinen Mädchens noch übriggebliebenen waren. Das lange Haar hing ihm wirr übers Gesicht, es sammelte das Wasser und ließ es in ihren Mund fließen. Ihr ausgetrockneter Körper saugte das Wasser auf, ihre vom Salz angegriffene Haut wurde gereinigt, und die harten Kieselsteine stießen so lange gegen den Schleier des Elends und der Bewußtlosigkeit, bis sie sich zu regen begann und lautstark aufbegehrte. Die Veränderung des Lage, die Verlagerung des Gewichts ließen das kleine Boot zur Seite kippen, und das ausgemergelte kleine Mädchen rollte heraus. Sie landete in einem kleinen Graben, durch den frisches Wasser floß. Sie öffnete die Augen leicht und begann, instinktiv wie ein Tier, geräuschvoll das Wasser zu schlürfen, und der Rest des Salzes und des Drecks wurden in die Erde zurückgespült.

Der Regenschauer ging vorüber, das Kind schlürfte und leckte während langer Augenblicke. Zweimal rebellierte sein Magen, es seufzte und drehte den Kopf, als wollte es vermeiden, sich in den Graben zu erbrechen. Bald konnte es sich aufrichten, um sich mit den geröteten, geschwollenen Augen umzusehen.

Das Mädchen bemühte sich, auf den Füßen zu stehen. Nicht weit von ihr entfernt ragte ein Felsblock aus dem zurückgewichenen Wasser, und darauf lagen ganze Trauben blauschaliger Muscheln. Sie waren viel größer als diejenigen, die sie von zu Hause kannte. Immerhin kamen sie ihr so vertraut vor, daß sie sich angestrengt dem Felsen näherte. Sie sammelte sie ein, brach sie auf und saugte das rohe Fleisch aus den wiegenförmigen Schalen. Ihr Magen war so stark geschrumpft, daß sie schon nach wenigen Muscheln satt war. Noch einen Schluck Wasser, dann legte sie sich neben einer großen Hemlocktanne auf den Boden und kuschelte sich eng an den lebendigen Stamm. Das Moos und der Torf, auf dem sie schlief, waren trotz des Sturmes trocken geblieben, denn der immergrüne Baum hatte den Regen abgehalten. Als sie erwachte, aß sie noch mehr Muscheln, trank noch mehr frisches Wasser und schlief dann wieder ein. So kam ihr Körper wieder zu Kräften. Als sie sich wieder regte, war es Nacht, und zum ersten Mal, seit der heftige Wind plötzlich und unerwartet übers Meer geblasen hatte, waren die Sterne zu sehen. Sie suchte den Himmel ab und studierte die Formen und Positionen der an den Nachthimmel gezeichneten Muster. Bald wußte sie, daß sie hier war. Aber sie wußte nicht, *wo* hier war.

Vom kleinen Boot stieg ein schwacher, aber deutlich wahrzunehmender Verwesungsgeruch auf, und als sie auf die erbärmlichen, verzerrten Leiber der Schwestern hinuntersah, begann sie hemmungslos zu weinen. Diese zwölf Vorzüglichen, Auserwählten waren verdurstet, weil sie ihr das Wasser gegeben hatten, das sie selbst hätten trinken sollen; jede von ihnen hatte ständig versichert, ihren Anteil schon getrunken zu haben. Sie waren erfroren, weil sie ihre wenigen Kleider über das Kind gelegt hatten, damit es vor dem beißenden Wind geschützt wurde. Sie waren verhungert, weil sie gleich wie beim Wasser vorgaben, sie hätten ihren Anteil vom erbärmlich dürftigen Vorrat schon geknabbert. Diese zwölf auserwählten Schwestern waren freiwillig gestorben, damit das Kind und das von ihm gehütete Wissen überleben und fortdauern konnte.

Mühsam schleppte sie das kleine Boot näher zum Ufer und aß mehrmals von den Muscheln, von denen sie nicht genug kriegen konnte. Sie ruhte sich aus, wenn ihr schwindlig wurde, und sie weinte, wenn sie von der Trauer überwältigt wurde, bis sie stark genug war, um für die zwölf Schwestern das zu tun, was zu tun war. Es war das letzte, was sie für die tun konnte, die so viel für sie getan hatten.

Überall auf dem Strand hatten die Gezeiten Holzstücke zurückgelassen, gebleicht und getrocknet von der heißen Sommersonne. Der stürmische Regen hatte nur ihre Oberfläche angefeuchtet. Ein lieblicher Geruch ging von ihnen aus, sie rochen nicht nach Eiche, auch nicht nach den mächtigen, immergrünen Bäumen, die im Norden ihres früheren Zuhauses wuchsen, es war ein fröhlicher und ermutigender Duft. Überall um sie herum standen große Bäume, vornehm, gerade, zum Himmel emporgestreckt, von unten bis oben grün, heiliges Grün. Guten Mutes schleppte sie Ast um Ast, Zweig um Zweig an eine geeignete Stelle und tat das, was getan werden mußte. Bald war sie wieder müde, und sie kehrte zu ihrer Stelle unter dem schützenden Baum zurück. Als sie erwachte, kam die Sonne gerade aus ihrem nächtlichen Ruheplatz hervor, und der Morgennebel begann sich bereits aufzulösen. Nach einer weiteren Muschelmahlzeit, und nachdem sie noch mehr vom frischen Wasser getrunken hatte, kehrte sie an ihre Arbeit zurück. Als die Sonne sich daran machte, ihren Kopf hinter einem Berg zu verstecken, war das Mädchen bereit. Der Scheiterhaufen war hoch, so hoch wie irgendwie möglich, und im Scheiterhaufen waren die Körper der Schwestern, die so aufgedunsen und verändert waren, daß sie kaum wiederzuerkennen waren. Wer freiwillig zusammen stirbt, sollte zusammen weggehen, deshalb lagen im Scheiterhaufen vier Reihen, in jeder Reihe drei Schwestern. Es war die magische Vier der vier Winde, der vier Richtungen, der vier Teile eines Baums, der vier Jahreszeiten. Sie nahm die kleine Schachtel aus dem Bötchen, ging zum Scheiterhaufen und sprach schluchzend die Worte. Sie nahm trockenes Moos, das von den Bäumen herunterhing. Es waren nicht die Bäume der alten Tage, trotzdem erfüllten sie ihren Zweck, und es konnte getan werden, was getan werden mußte. Damit war im Neuen, was zur Erfüllung des Alten nötig war.

Aus den kalten Gegenden waren Barbaren gekommen, und obwohl sich alle Priester und Dichter, Gemeine und Adlige versammelt hatten, wachten die Alten nicht auf, und sie machten keine Anstalten, ihre Kraft gegen die bärtigen Riesen zu verwenden. Die Magie versagte Mal um Mal, deshalb versammelte sich der Rat. Er erklärte den Leuten, die Magie sei nicht verloren, und die Alten seien auch nicht verärgert, aber es sei Zeit – Zeit für Bewegung, Zeit für Veränderung, Zeit für Ausdehnung, Zeit, um das zu tun, was die Bäume tun, wenn sie ihre Samen auf den Flügeln des Windes wegtragen lassen. Und so verließen die kleinen Boote ihre Orte. In jedem saß eine Versammlungsgruppe, die ihr Leben diesem kleinen Gefährt aus Fell und zerbrechlichem Holz anvertraut hatte, die auf die Winde und die Strömungen vertraute und sich mit Zeit und Wandel bewegte. Die Boote verloren sich aus den Augen, bis es für das Mädchen und seine Schwestern nur noch die endlosen Wellen und das Meer gab. Das Meer bot ihnen wenig, denn sie wußten nicht, wie man in tiefen Gewässern fischt. Sie opferten sich auf, um das Mädchen zu schützen, und langsam verebbten ihre Leben und ihre Kraft.

Der Feuerstein warf Funken auf das Moos, und sobald die Glut zur Flamme wurde, sang das Mädchen die alten Worte und zeichnete Runen in den Sand. Das neue Holz brannte nicht so rein wie das alte. Ungestüme Funken sprühten himmelwärts, das Feuer knisterte froh und schien zu feiern.

Warum sollte es nicht feiern? War es nicht das erste Holz im neuen Land, das die Ehre hatte, die Auserwählten heimzubringen? Nicht nur eine, sondern zwölf Auserwählte waren es, die zu den Alten gingen und die sich dazu aufmachten, ihre Zeit zu erfüllen.

Der Scheiterhaufen brannte die ganze Nacht, viermal hatte sie vom Holz nachgelegt, das sie in der Nähe gestapelt hatte. Sie sang und weinte, zeichnete Runen und schluchzte. Sie wußte, daß die von den Flammen Gewärmten keine Sorgen mehr hatten, aber sie wußte auch, daß sie von nun an einsam sein würde.

Sie schlief neben dem Scheiterhaufen ein, und als sie erwachte, war das Feuer klein geworden, und die Sonne stand schon hoch am Himmel. Sie betete und wandte sich dann entschlossen vom Scheiterhaufen ab, um vom kühlen, frischen Wasser zu trinken. Danach ging sie auf Nahrungssuche.

Sie legte Austern in die Nähe des Feuers. Die Hitze öffnete die Schalen, und sie konnte sich am Fleisch gütlich tun. Groß waren sie, manche zweimal so groß wie ihre Hand, und was sie nicht essen konnte, übergab sie den Flammen des Scheiterhaufens als Dankesopfer. Der Wind sagte ihr, daß die Kälte schon bald ins Land ziehen, der Stand der Sonne und der Sterne sagte ihr, daß das Wetter schlechter würde. In den folgenden Tagen und Nächten machte sie sich daran, das alte Wissen vor den neuen Gefahren in Sicherheit zu bringen.

Verbissen suchte sie in den Felsen nach einem Loch von brauchbarer Größe. Dahin trug sie die vertrauten Dinge, die ihr die verstorbenen Schwestern zurückgelassen hatten: die Stäbe zum Runenwerfen, die Kräuter, die heiligen Steine und das Messer; das lindert während der Geburt die Schmerzen. Aus der Haut des Bootes machte sie sorgfältig einen Verschluß für den Höhleneingang, um den von Tag zu Tag bissigeren Wind abzuhalten. Sie sammelte Holz und schichtete es unter den Bäumen auf. Dort würde es einigermaßen trocken bleiben, und die Flut konnte es nicht wegspülen. Die Sterne sagten ihr, daß zu dieser Zeit kein fremder Eindringling kommen würde, kein Triumph würde in den Augen eines Heiden leuchten, während er sein Fleisch in den Leib einer Gläubigen trieb. Sie war in Sicherheit, und das, was sie von der Alten Magie wußte, war auch in Sicherheit. Das Wissen über die Alte Magie wurde durch die Abwesenheit der anderen zwölf geschmälert, aber dies war schon früher vorgekommen, und immer wurde das nötige Wissen wiedergefunden, wenn die Zeit gekommen war, und was vergessen war, wurde wiedererlernt. Oder geschenkt. Durchhalten war alles, was von ihr verlangt wurde.

Und wie sie durchhielt! Sie lernte, Fischreusen zu flechten, die sie bei Flut auslegen konnte. Wenn das Wasser zurückging, waren Fische in der Reuse, die sie mit einem Spieß, einem Netz und manchmal mit bloßen Händen fangen konnte.

Sie hielt durch. Und überlebte. Knapp vielleicht, aber wir brauchen nicht unbedingt im Überfluß zu leben. Den ganzen langen, nassen Winter über hielt sie durch, sogar dann, als auf den Bergen tiefer Schnee lag und die Bäche zugefroren waren. Auch während des folgenden Frühlings und Sommers hielt sie durch. Sie trocknete Beeren und suchte nach Vogelnestern, sie sammelte und überlebte. Nur eine Idiotin wäre an dieser Küste verhungert, und keine der Schwestern war jemals eine Idiotin.

Sie hielt durch. Ihr Kinderkörper wuchs heran, ihre

helle Haut wurde von Sonne und Wind gebräunt, und an einem Vollmond, mitten im vierten Winter mit Regen und beißendem Wind, Einsamkeit und Ausdauer, kam der Beweis, daß sie eine Frau war. Von da an erinnerte sie jeder Mondzyklus daran, daß kein Ritual abgehalten wurde, daß ihr kein zusätzliches Erwachsenenwissen mitgeteilt wurde, und daß sie ihren Stolz nicht öffentlich zeigen konnte. Sie fragte sich, ob dieser Frauenstolz durch die Zeit des Wandels verlorengegangen sei. Zunächst störte es sie nicht, daß es keine Zeremonie gab, bei der sich ihr alle jungen Priester anboten, falls sie es wünschte. Als jedoch aus den Monaten Jahre wurden, fragte sie sich, wie es wohl wäre, wenn sie nicht in einer Zeit des Wandels lebte.

Es war der Wind, der sie herantrieb. Der Herbstwind, der während Tagen in die Bucht bläst, der keinen Regen bringt, der aber an den Bäumen zerrt und an den Felsen nagt, und in dem die Schreie der verlorenen Seelen gefangen sind. Schon Ende Sommer, wenn die Sonne noch hell scheint und die Luft noch warm ist, beklagt der Wind das Sterben einer weiteren Jahreszeit.

Dieser Wind brachte nochmals ein schalenförmiges Boot, darin drei Schwestern, so alt und welk – man konnte kaum glauben, daß dies Frauen waren. Die Alten hatten ihr von einer auserwählten, jungen Schwester erzählt, die in Not sei, und sie waren gekommen, um ihr das zu geben, was nur sie ihr geben konnten: die in ihren Köpfen verschlossenen Geheimnisse.

Sie pflegte die Frauen, hielt sie warm und ernährte sie. Die jahrelange Einsamkeit brach in einer hellen Glut der Liebe aus ihr hervor, welche die alten Frauen auch dann noch am Leben erhielt, als sie eigentlich schon tot sein mußten. Sie sprachen zu ihr und lehrten sie die Geheimnisse und Mysterien in einer Geschwindigkeit, wie sie die Tradition noch nie gekannt hatte. Was sonst ein halbes Leben brauchte, stürzte in wenigen Monaten auf sie ein, ohne Zeremonie oder Ritual, und sie, die so nach menschlichen Stimmen gedürstet hatte, saugte jedes einzelne Wort in sich auf.

Der kalte Winter forderte die erste der alten Schwestern; sie hatte den Kelch ihrer Weisheit und ihrer Lehren geleert. Nur die Liebe hielt ihre trockene Hülle noch am Leben, und darum sagte sie der jungen kupferhäutigen Frau, sie möchte ihr Fleisch und ihre Knochen hinter sich lassen, um zu den Alten zu gehen. Die junge Frau weinte, sie baute den Scheiterhaufen, und gemeinsam mit den zwei verbliebenen alten Schwestern zeichnete sie die Runen, sprach die Worte und sandte die gebrechliche Hülle in einem Funkenregen fort. Sogar der Winterwind schämte sich, er hörte mit seinem Geschrei auf, und der Rauch und die Funken konnten geradewegs zum Himmel aufsteigen.

Die junge Frau erzählte den zwei verbliebenen Schwestern von ihren Ängsten und ihrer Einsamkeit, und sie sagten ihr, alle Schwestern müßten ins Ödland eintreten. Die Art und Weise sei nicht für alle gleich, aber das Ödland sei immer, was es sei. Manche durchqueren es nie, deshalb lernen sie die Wahrheiten nie kennen; manche durchqueren es nur teilweise, verirren sich und vergessen das Gelernte. Eine Anzahl Auserwählter gelangt dank eigener Anstrengungen und Entschlossenheit durch das Ödland, und diesen werden die Geheimnisse gegeben. Und da die junge Frau so gut durchgehalten hatte, hatten sie die alten Frauen aufgesucht.

Sie erfuhr, daß sie schon bei der Geburt *erkannt* worden war, ihre Augen verrieten ihre Bestimmung. Sie waren so grün wie das Meer, das Zeichen des *Besonderen*, grün wie die Bäume, das Gras und die Blätter. Als sie darauf hinwies, daß nicht alle Schwestern grüne Augen haben, lachten die alten Frauen. Ihr Lachen tönte wie das Rascheln von trockenem Gras. Sie sagten ihr, es würden viele geboren, aber wenige seien auserwählt, und noch weniger seien *besonders*. Die grünen Augen seien das Zeichen für eine wiedergeborene alte Seele. Nur die *Besonderen* würden bei der Geburt auserwählt, die anderen würden aufgrund ihrer Haltung und Geschicklichkeit gefunden, wenn die Zeit dafür gekommen sei, manchmal sogar durch Zufall.

Dann verschied die blauäugige Schwester, auch sie wurde mit den Funken und den Runen, den Gebeten und den Tränen weggesandt. Die kupferhäutige junge Frau mit den grünen Augen weinte bitter, denn sie wußte, daß die letzte der Schwestern nur noch einige kostbare Stunden zu leben hatte, dann würde sie wieder allein sein, allein mit einem Körper, der nur Fruchtloses trug, allein mit dem Meer, den Bergen, den Bäumen und ihrem Selbst.

Die alte Frau schaute sie während einiger langer Augenblicke an, dann raffte sie sich mit einem Ausbruch der Liebe auf, obwohl ihre Lebensflamme nur noch flackerte. Sie vertraute der Kupferfrau das größte aller Geheimnisse an, sie zögerte sogar ihr eigenes Hinscheiden hinaus, um ihr das endgültige Geheimnis mitzuteilen. Vielleicht geschah es deshalb, daß ein Teil ihres Geistes im Körper der jungen Kupferfrau zurückblieb, als sie verschied – wiedergeboren und wiederbelebt im Körper der Auserwählten.

Zum vierten Mal wurden der Scheiterhaufen gebaut und die Runen gezeichnet. Zum vierten Mal wurden die Worte gesprochen, und zum vierten Mal stieg der Rauch zum Himmel empor. Durch die Vollendung der magischen Vier wurde der Ort für immer geheiligt, fortan würde er nie mehr ein gewöhnlicher Strand sein. Für immer und ewig war er zum Versammlungsort der Geister und derjenigen außerhalb unseres Gesichtskreises geworden. Jene, die mit der Wahrheit der Zeit vertraut sind, werden wissen, wann sie an diesem Ort angekommen sind, sie wissen es aufgrund ihrer Gefühle und der Strukturen und der Verständigung mit den Geistern, auch wenn ihnen nie jemand verrät, welche Bai, welche Bucht oder welcher Strand der *Eine* ist. Und mit dem Erkennen kommt immer das Vertrauen, daß zu einer bestimmten Zeit – zu *einer* bestimmten Zeit – ein früherer Körper hier einen Besuch gemacht hatte, denn darin besteht die Stetigkeit der spirituellen Überlieferung.

Kupferfrau

In den Tagen vor der Ankunft der Menschen war die Küste fast leer. Nur Kupferfrau lebte dort, allein mit ihren Geheimnissen, Mysterien und ihrem Selbst. Kupferfrau lebte. Aber sie lebte nicht gut, denn ihre Geheimnisse waren unvollständig, ihr Kreis war nicht geschlossen, und ihre Welt war noch keine Ganzheit. Allein kam sie aus dem Inneren des Gebirges, um am Küstenrand ein kleines Holzhaus zu bauen. Allein lernte sie, Tutsup, den Seeigel, Ya-is, die Butter-Venusmuschel, Hetchen, die Venusmuschel mit dem kleinen Hals, Ahsam, die Krabbe, Um-echt, die Pferdemuschel, und So-ha, den Lachs, zu ernten und zu fangen. Sie lernte, das Fleisch von Kich-tlatz, der Fellrobbe, zu essen und aus ihr Kleider zu machen. Allein lernte sie, daß man sich Tut-lukh, dem Seelöwen, nicht unbedacht nähern darf. Dennoch lebte sie mehr schlecht als recht.

In der Zeit der ersten Herbststürme kam ein Fahrzeug mit göttlichen Gestalten; sie brachten Kupferfrau das Wissen bei, mit dem sie auf einer höheren Stufe überleben konnte. Sie kamen aus der untergehenden Sonne hervor und ritten auf dem goldenen Band, das über dem Wasser liegt, bevor die Nacht ihre Decke ausbreitet. Sie kamen, um sie das Wissen zu lehren, das die ganze Menschheit für ein erfüllteres Leben braucht. Aber dies war weder die Zeit noch der Ort für die magischen Wesen, und als sie zu ihrem Ort zurückkehrten, begann Kupferfrau zu weinen. Sie weinte bitterlich, denn die Einsamkeit ist eine bittere Sache, sie erzeugt einen herben Geschmack in unserem Mund. Sie wird noch bitterer, wenn man meint, davon befreit worden zu sein und feststellen muß, daß sie zurückgekehrt ist. Sie weinte so stark, daß ihr ganzer Kopf entwässert wurde, aus ihren Augen liefen Tränen und aus ihrer Nase dicker Schleim. Aus dem Mund lief Speichel, und ihr Gesicht schwoll an, während sich die Wasser der Einsamkeit ergossen. Aus ihrer Nase lief ein riesiger Schleimstrang auf den Sand. Er war so groß, daß ihn Kupferfrau trotz ihrer Ergriffenheit bemerkte, und sie schämte sich. Sie versuchte, ihr Gejammer zu ersticken, sie versuchte, den Schlamassel mit Sand zu bedecken, ihn zu begraben, zu verstecken, ihn der Erde zurückzugeben. Die magischen Frauen hatten ihr beigebracht, sich nicht zu schämen, den Rotz nicht zu vergraben, sondern aufzuheben und sogar zu achten. Sobald sie gelernt hätte, diesen derben Beweis ihrer eigenen Sterblichkeit zu akzeptieren, würden daraus die Mittel kommen, die ihrem Alleinsein und ihrer Einsamkeit ein Ende bereiten würden. Die Zeiten, in denen die Körperflüssigkeiten flössen, in denen eine Frau dem Ruf des Mondes antworte, seien heilige Zeiten, Zeiten des Gebets und der Meditation.

Kupferfrau tat, wie ihr geheißen wurde. Ohne zu verstehen, aber voll Vertrauen schaufelte sie den Schlamassel in eine Muschelschale und legte diese zu ihren magischen Sachen. Einige Tage danach bemerkte sie, daß sich der Sand in der Muschel bewegte. Sie schaute genau hin und sah, wie sich ein kleines, unfertiges Ding mühsam in der kleinen Muschel wand. Kupferfrau nahm das Ding aus der Muschel und legte es vorsichtig in eine größere Muschelschale, eine Schale von Um-echt, der Pferdemuschel. Sie beobachtete es jeden Tag und bemerkte, daß an dem unfertigen, lebendigen Ding etwas wuchs. Es sah aus wie der verkleinerte Nacken der Pferdemuschel. Bald war das kleine Etwas so groß, daß es ihm in der Muschel von Um-echt ungemütlich wurde, deshalb legte sie es in eine Schale von Tutsup, dem Seeigel. Aber schon nach ein, zwei Tagen bettete sie es erneut um, weil unter dem, was aussah wie der Hals von Um-echt, kleine Formen von Tutsup wuchsen, und Kupferfrau wollte nicht, daß zwischen den Beinen ihres kleinen Freundes das Rückgrat des Seeigels wuchs, denn wie hätte er da gehen können? Also legte sie ihn in die Schale von Ah-sam, der Krabbe, und dort war er einige Wochen lang glücklich, obwohl er mit seinen Händen gleich wie Ah-sam nach ihr grapschte und sie nicht mehr loslassen wollte. Kupferfrau legte ihren Knirps in ein Bett aus dem Fell von Tut-lukh, dem Seelöwen, und er war ganz glücklich, obwohl auf seinem Gesicht die Schnurrhaare von Tut-lukh wuchsen, und auf Teilen seiner Brust und seines Bauches wuchs das weiche Fell des großen Tieres. Seine Stimme wurde tief, und wenn Kupferfrau sich zu lange um etwas anderes kümmerte, brüllte er vor Eifersucht.

Eines Nachts verließ der Rotzbube das Fellbett von Tut-lukh und kroch ins Bett von Kupferfrau. Er preßte seinen Mund, der dem von Ah-sam glich, auf den ihren, und seine Hände, die grapschten wie die Scheren von Ah-sam, griffen nach ihren Brüsten. Kupferfrau wußte, daß sie mit dem aufdringlichen Rotzbuben kurzen Prozeß machen könnte. Gleichzeitig fühlte sie sich aber für ihn verantwortlich, und sie hatte Mitleid mit ihm, weil er aus einer so unvollkommenen Kombination verschiedenster Meerestiere bestand. Hatte nicht das Meer sie gerettet? Waren die Götterfrauen nicht übers Meer gekommen, um ihr zu sagen, dieses merkwürdige Ding werde ihr dazu verhelfen, nie mehr allein zu sein? Abgesehen davon war es angenehm, seinen Mund auf dem ihren zu spüren, und seine verlangenden Hände taten ihr nicht weh, sie ließen in ihrem Bauch eine Wärme entstehen, die anstieg, bis der Teil, der von Um-echts Hals stammte und die Teile, die Tutsup glichen, lebendig wurden und wuchsen, und sie begrüßte Um-echt in ihrem Körper, sie drückte den Rotzbuben nahe an sich, noch näher, bis das einsame Gefühl fast – aber nicht ganz – verschwunden war. Ihr Körper schwoll an, sie fühlte sich, als ob sie vom Mond erfüllt wäre.

Der Rotzbube schrie auf, aber nicht mit der tiefen Stimme Tut-lukhs; der Schrei glich viel eher demjenigen von Qui-na, der Möwe. Dann klammerte sich der Knirps an sie und schüttelte sich, als ob die herbstlichen Sturmfluten in ihn gefahren wären. Kupferfrau beruhigte ihn und hielt ihn fest. Sie fragte sich, ob die Einsamkeit je ganz verschwinden würde. Danach drückte sie den Rotzbuben noch viele Male an sich und preßte ihren Mund auf den seinen, brauchte die Magie ihrer Hände, um die zwei kleinen Tutsup zu wecken, und sobald sie erwacht waren, drang der Teil von Umecht in sie ein, suchend, erforschend, und entriß sie beinahe, beinahe – aber nie ganz – der Einsamkeit.

Mowita

Kupferfrau lebte mit Rotzbube, dem unvollkommenen Knirps, an dem Ort, wo ihr die Götterfrauen das Wissen gebracht hatten. Sie unterrichtete die seltsame kleine Kreatur so gut sie konnte, aber er schien nie richtig zu begreifen. Wenn er eine Fischreuse machte, war sie immer irgendwo fehlerhaft, und viele Fische konnten entkommen. Wenn er ein Feuer machte, war es entweder zu heiß oder zu wenig heiß, und oft verbrannte er sich. Wenn er etwas nicht mehr brauchte, ließ er es liegen. Er dachte nie daran, es dahin zu tun, wo er es wieder finden konnte. Manchmal vergaß er, zum Essen nach Hause zu kommen und beklagte sich dann bitterlich, wenn das Essen verkocht oder kalt war. Kupferfrau neckte ihn, damit er seine schlechte Laune vergaß, sie lachte mit ihm, und oft hat sie ihm vorgesungen, denn mit ihm war sie weniger einsam als damals, als sie allein lebte.

Ihre Brüste wurden groß und zart, und ihr Bauch füllte sich, bis er aussah, als ob der Mond persönlich darin gefangen wäre. Eines Tages fühlte sie, wie sich in ihr etwas regte. Sie merkte, daß sie mehr als nur eine Person war, sie trug ein anderes Lebewesen in ihrem Körper. Kupferfrau betete jeden Tag dafür, daß dieses andere nicht so unvollkommen würde wie der Rotzbube, sondern eine ganze Person, verantwortungsbewußt und aufmerksam. Oft hatte sie Angst und wunderte sich über die eigene Fähigkeit, für diese neue Person zu sorgen. Sie war aufgebracht und meinte, sie könne nicht mehr sie selbst sein und müsse ständig für jemand anderes denken.

Unter Schmerzen und mit viel Blut brachte sie eines Nachts eine kleine Ausgabe ihrer selbst zur Welt. Aber die sah doch anders aus. Die Kupferhaut war dunkler, das Haar war schwarz, schwärzer noch als das von Ku-ka-was, der Fellrobbe. Die Augen waren schräger als die ihren, fast wie die der Kormorane, die bis anhin keinen anderen Namen hatten und erst einen bekamen, als die Blindheit von ihnen genommen wurde. Kupferfrau betrachtete ihre Tochter, und sie fühlte, wie die Einsamkeit nachließ, bis sie nicht mehr größer war als ein kleiner, runder Kieselstein am Strand. Sie fühlte einen Schmerz in den Brüsten, der an- und abschwoll wie die Wellen am Strand, und als sie das Blut von ihrer Tochter gewaschen und den Schleim aus ihrer kleinen Nase und dem Mund geputzt hatte, weinte sie aus Dankbarkeit für die geheime Magie, die sie von den Alten bekommen hatte.

Sie weinte dafür, daß sie das Geheimnis kannte, ihr Kind reinlecken zu können, ohne Ekel zu empfinden. Statt dessen spürte sie, wie sie ihrem Selbst auf eine andere Art wieder neues Leben gab. Als sie das Kind in die Arme nahm, um es zu wärmen und zu begrüßen, drehte sich der kleine Kopf herum, und der kleine Mund schloß sich um die geschwollene, dunkle Brustwarze. Der kleine Kieselstein der Einsamkeit verschwand, und Kupferfrau wurde von einem Gefühl erfaßt, das noch stärker war als das, welches Rotzbube in ihr ausgelöst hatte, bis sie meinte, die magischen Frauen seien in sie gefahren, durch sie hindurch bis zu ihrer Milch, und von der Milch zum Kind. Deshalb nannte sie das Kind Mowita, denn sie wußte, daß sie eines Tages eine Matriarchin sein würde.

Rotzbube schenkte Mowita nicht viel Aufmerksamkeit. Manchmal spielte er mit ihr, manchmal hielt er sie sogar in den Armen und sprach mit sanfter Stimme zu ihr, aber meistens kümmerte er sich um seine eigenen Angelegenheiten. Unvollkommen wie er war, konnte er zwar Fische fangen, aber nur Kupferfrau und später auch Mowita wußten, wie man sie räuchert und einlegt. Immer wieder zeigten sie Rotzbube, wie man es macht, aber der grinste nur und sagte, er habe keine Zeit für solch lästige Einzelheiten, und machte sich lachend davon. Er konnte Mowitch, den Hirsch fangen, aber zum Trocknen des Fells oder zum Zubereiten des Fleisches war er nicht fähig.

Als Mowita gehen konnte, lachte und die ersten Worte sprach, schenkte Kupferfrau einem Sohn das Leben. Er war wie Rotzbube, nur vollkommener, aber er war nicht so vollkommen wie Mowita. Als dieses Kind gehen konnte, kam ein anderes, es war wieder ein Mädchen. Kupferfrau lehrte ihre Töchter die Geheimnisse, und den Söhnen versuchte sie mehr beizubringen, als Rotzbube je verstehen konnte. Kupferfrau hatte viele Kinder, und ihr Lachen klang hell, es ritt auf dem Wind und stieg wie der Rauch eines Feuers zum Himmel empor, und sie hatten ein freudiges Leben.

Qolus, die Wandelbare

In der Wirklichkeit gibt es vier Königreiche. Das Reich der Erde, das im Untergrund, das unter dem Meer und das des Himmels.

Im Reich des Himmels herrschte Donnervogel. Wenn er seine Augen öffnete, schien die Sonne, wenn er seine Federn bewegte, blies der Wind, wenn er mit seinen großen Schwingen flatterte, blitzte es, und wenn er seine Flügel zusammenschlug, entstand das Geräusch, das wir Donner nennen. Donnervogel regierte mit seiner Frau Qolus. Wie Donnervogel hatte auch sie glänzende Federn, aber sie hatte keine Hörner auf dem Kopf – und sie hatte kaum mehr zu tun, als mit Donnervogel im Himmel herumzufliegen, die Wolken in Stellung zu bringen, falls nötig Regen zu senden, und zu warten. Warten. Warten.

Qolus verbrachte viel Zeit damit, Kupferfrau und ihre Kinder zu beobachten, vor allem Mowita, die älteste, die erstgeborene, die begabteste von allen. Mowita wuchs zur Frau heran. Sie war aber immer noch ein Mädchen, und ihre anmutigen Bewegungen und das helle Lachen wärmten Qolus und machten sie glücklich. Eines Tages sagte Qolus zu Donnervogel, sie wolle auf der Erde leben, denn dort gebe es mehr zu tun, als nur herumzusitzen und zu fliegen. Donnervogel meinte, dies sei ihre Entscheidung, sie solle aber daran denken, daß die Veränderung der Gestalt eine totale sei. Qolus wollte das Reich des Himmels trotzdem verlassen und auf die Erde gehen. Deshalb veränderte sie ihre Gestalt. Dies tat sie so gründlich, daß sie auf der Erde als Mah Teg Yelah ankam – der erste Mann. Rotzbube, der Unvollkommene, würde nie ein Mann werden, und die Söhne von Kupferfrau waren immer noch Jungen. Zudem lebten nicht mehr alle, die geboren wurden, weil einige beim Kämpfen oder aus Leichtsinn gestorben waren.

Mah Teg Yelah betrachtete die Töchter der Erde und fand sie schön. Er machte sich daran, ein Haus zu bauen, das größer war als jedes andere auf der Erde, denn er wollte die Töchter von Kupferfrau beeindrukken. Aber als das Haus halb fertig war, konnte er den Firstbalken nicht aufs Dach heben, weil er zu schwer war. Deshalb rief er Donnervogel zu Hilfe. Die magischen Federn von Donnervogel funkelten, als er zur Erde hernieder kam. Als erstes nahm er menschliche Gestalt an, damit er sprechen konnte. Als er das Problem erkannt hatte, verwandelte er sich zurück. Er nahm den Firstbalken in seine mächtigen Krallen und hob ihn an die richtige Stelle. Kupferfrau und ihre Töchter schauten zu, und als sie all dies sahen, wußten sie, daß Mah Teg Yelah magisch war, und Kupferfrau war erfreut. Als das Haus fertig war und Mah Teg Yelah Mowita bat, seine Frau zu werden, hatte Kupferfrau nichts dagegen. Mowita selbst katte kein Interesse daran, ihr Leben lang für jemanden zu sorgen, der so unvollkommen war wie Rotzbube oder ihre Brüder. Deshalb war sie einverstanden und wurde zur Frau von Mah Teg Yelah, der Qolus, die Wandelbare, gewesen war, die Frau von Donnervogel. Sie hatten vier Söhne, die alle so magisch waren wie ihre Mutter und ihr Vater, sie waren wohlgeraten und wuchsen rasch heran.

Die Zeit ist für diejenigen im Himmel nicht gleich wie für die auf der Erde, und Mah Teg Yelah sehnte sich nach dem Himmel, denn auf der Erde schien alles eine Ewigkeit zu dauern. Aber er mußte sich ja um seine Frau und die Kinder kümmern, also blieb er.

Donnervogel war einsam, auch wenn die Zeit für ihn schneller verging. Deshalb waren die Söhne schon fast zu Männern geworden, als Donnervogel von der Einsamkeit befallen wurde. Er vermißte Qolus und er wußte, daß sie als Mah Teg Yelah nicht restlos glücklich war.

Donnervogel begann zu weinen. Er wollte niemandem weh tun, aber er war einsam, und seine Qolus war nicht glücklich, und deshalb weinte Donnervogel. Kupferfrau sagte Mowita, der Regen würde nicht aufhören, bis an jedem Finger beider Hände vier – magische vier – Regentage gezählt worden seien.

Mowita machte sich mit Mah Teg Yelah daran, das ganze Blockhaus mit Pech zu bestreichen. Ihre Brüder lachten sie aus, aber die Schwestern halfen ihr, und als das Wasser stieg und das Haus zu schwimmen begann, gingen auch sie ins wasserdichte Haus. Es wurde sehr eng da drin, und Kupferfrau sagte, sie brauche nicht ins Haus zu gehen, sie sei dank ihres Zaubers in Sicherheit. Es sei ohnehin Zeit, daß sie ihre Haut teile, es sei Zeit, daß sie ihren Töchtern erlaube, auf eigenen Füßen zu stehen, damit diese nicht ewig an sie gebunden seien. Also ließ sie Fleisch und Knochen auf dem Strand zurück und machte sich zu einem Besuch bei ihren magischen Schwestern auf.

Während Tagen trieb das Haus dahin, dann sandte Mah Teg Yelah Rabenfrau aus, um zu prüfen, ob es irgendwo noch Land gebe. Rabenfrau kehrte müde und durchnäßt zurück und berichtete, sie habe nicht einmal eine Stelle zum Ausruhen gefunden, es gebe nur Wasser. Einige Tage später sandte Mah Teg Yelah Rabenfrau wieder aus, und diesmal brachte sie die Verheißung des Lebens zurück, einen Zedernsproß. Noch immer war alles vom Wasser bedeckt, nur die Wipfel der größten Bäume ragten hervor, und Rabenfrau konnte nirgends ausruhen. Nach einigen Tagen wurde Rabenfrau erneut ausgesandt, und diesmal kam sie zu einem Fenster des Hauses, ließ den Sproß einer Hemlocktanne fallen und flog wieder weg. Damit wußten alle im Haus, daß man wieder sicher nach draußen gehen konnte, und sie öffneten das mit Pech versiegelte Tor. Und tatsächlich: Sie hatten die Berge, die Täler, die Flüsse, die Seen und den Grasboden wieder unter ihren Füßen. Von da an galt die Hemlocktanne als Schutz vor dem Ertrinken.

Die Tiere im pechversiegelten Haus rannten glücklich nach draußen, dann machten sich die Töchter von Kupferfrau dazu auf, das Haus zu verlassen. Aber die Söhne Mowitas und Mah Teg Yelahs sagten, sie möchten zusammen mit den Frauen gehen, was sie dann auch taten: Vier Paare gingen in vier verschiedene Richtungen, und von ihnen stammen alle Menschen der ganzen Welt ab. Eines der Paare wurde zu den Eltern der schwarzen Menschen, ein Paar zu den Eltern der gelben Menschen, ein Paar zu den Eltern der weißen Menschen und ein Paar zu den Eltern der indianischen Menschen, und so sind wir alle miteinander verwandt, weil wir alle aus dem Bauch von Kupferfrau kommen.

Mowita schaute Mah Teg Yelah an, als ihre Söhne mit den Töchtern weggingen, um die Erde zu bevölkern, und sie wußte, daß er sich nach dem Himmel sehnte. Sie sagte ihm, es sei Zeit. Seine Pflichten als Vater waren erfüllt, seine Pflichten als Ehemann waren erfüllt, und er war glücklich. Er wandte sich an Donnervogel, verwandelte sich in Qolus zurück, und Mowita beobachtete Qolus, wie sie nach oben flog, zurück zu ihrem Mann.

Danach setzte sich Mowita hin und fragte sich, ob sie nun auch allein sein würde. Sie weinte, weil sie ihre Söhne, ihre Schwestern, ihren Mann und ihre Mutter nicht mehr hatte. Als sie geweint hatte, stand sie auf und machte sich daran, ihr eigenes Leben neu einzurichten. Während vieler Tage und Wochen tat sie, was getan werden mußte, sie erledigte die täglichen Dinge, die man zur Aufrechterhaltung des Lebens braucht. Sie legte Fischreusen aus, sie reinigte und räucherte Fische, flickte Kleider, sammelte Feuerholz und hielt ihre Süßwasserquelle sauber. Mit der Zeit lernte sie, die Einsamkeit zu akzeptieren und sogar zu schätzen. Eines Tages, als sie mit ihrer Arbeit beschäftigt war und Zufriedenheit darüber verspürte, daß sie gelernt hatte, aus eigener Kraft durchzuhalten und zu überleben, schaute Mowita auf. Aus dem Wald kam Kupferfrau, ihre Mutter, in einer neuen Haut zurück, zurück vom Besuch bei ihren magischen Schwestern, zurück vom Quellgrund jenseits des Pfades, den die Sonne beschreibt, wenn sie sich zur Ruhe legt. Mowita wurde von großer Freude erfaßt, denn sie war nicht allein. Sie rannte zu ihrer Mutter, umarmte sie, und beide lachten und weinten vor Freude. Einige Monate später kam die Freude aus ihr hervor, es waren Zwillingsmädchen, und eines hatte grüne Augen wie die Großmutter. Danach trug Mowita Jahr für Jahr die Freude in sich, und die Kinder

der Glückseligkeit wurden stark. Alles wurde von ihrem Lachen erfüllt, und es gab viel Musik in ihrem Leben. Die Kinder der Glückseligkeit hatten selber Kinder, Kupferfrau wurde alt und verbrachte die Zeit mit ihren Enkeln. Sie brachte den Mädchen die Geheimnisse der Frauen bei, und diesmal durften auch einige Knaben lernen, weil sie vollkommener waren als die Söhne des unvollkommenen Rotzbuben und weil Qolus/Mah Teg Yelah bewiesen hatte, daß jeder Frau männliche Aspekte innewohnen und jedem Mann weibliche, weshalb für Konflikte eigentlich kein Grund besteht.

Kupferfrau wußte, daß ihr Körper – im Gegensatz zu ihrem Geist – schwächer wurde, deshalb übertrug sie einen großen Teil der Verantwortung auf Mowita. Als Kupferfrau so alt war, daß sie sich ihres Alters nicht mehr erinnern konnte, wurde sie zu Alte Frau. Als Alte Frau vom Alter so gekrümmt war, daß sie den Strand kehren konnte, ohne sich zu bücken, sagte sie zu Mowita, es sei wieder Zeit. Alte Frau *wußte*, und es war *Zeit*.

Ihre Haut teilte sich, erneut ließ sie Fleisch und Knochen am Strand zurück und kam daraus hervor, ihr Selbst war befreit. Mowita weinte, weil ihre Mutter weg war. Sie fragte sich, ob sie überleben und durchhalten werde, und ob sie all dies sein und tun könne, was Alte Frau war und getan hatte.

Sie hörte, wie ihre Tochter mit den grünen Augen die Worte an Alte Frau richtete, wie sie Alte Frau bat, in sie einzutreten, sie zu werden. Dann legte sich die Tochter mit den grünen Augen, deren Namen nur den Eingeweihten bekannt ist, auf ein Bett aus Fellen, und Alte Frau, die in den Fellen versteckt war, wurde schwanger. Von da an war die grünäugige Tochter ein

Teil von Alte Frau, sie lebte in Alte Frau, die auch ein Teil von ihr und in ihr war.

Die Verwirrung, die entsteht, wenn man dies hört, ist nicht leicht zu lösen. Die Antwort liegt in jedem und jeder von uns, wir müssen sie für uns selbst finden.

Danach wußte Mowita, daß sie nicht alles sein und tun mußte, was Alte Frau gewesen war und getan hatte, denn die Geheimnisse waren übermittelt worden, und Alte Frau war nicht fort, sondern nur verwandelt, sie konnte helfen, falls sie gebraucht würde. Mowita wußte auch, daß eine andere ihre Stelle einnehmen würde, wenn ihre Zeit käme, und wenn die Zeit für die grünäugige Tochter käme, würde eine auserwählt, um an ihre Stelle zu treten, und wenn sie nicht vor dem Hinscheiden gefunden würde, würde sie danach erkannt werden. Die Wahrheit wird immer wachgehalten, und die Geheimnisse werden immer währen, weil Alte Frau aufpaßt. Alte Frau wacht, und mit ihr ist alles möglich. Als Mowita zu Alte Frau wurde, sagte sie der grünäugigen Tochter, sie solle die Rituale vorbereiten und dazu bereit sein, den ihr innewohnenden Teil von Alte Frau aus ihr heraustreten zu lassen und die Tradition fortzusetzen. Und immer werden die Schülerinnen Alte Frau helfen und ihr Kraft geben, die Eingeweihten werden den Schülerinnen helfen, und die Frauen werden ihre Wahrheit behüten, darauf stolz sein und durchhalten.

All dies ereignete sich vor so langer Zeit, daß niemand mehr sagen kann, wann es geschehen war – trotzdem gibt es immer noch Frauen, die *wissen*. Dabei spielt es keine Rolle, ob Frauen von einem der vier Paare oder von der Linie der Glückseligkeit abstammen, sie *wissen* dennoch. Immer noch werden viele geboren und wenige auserwählt, und immer noch werden die mit grünen Augen hoch geachtet. Einige werden dazu geboren, einige kommen durch ihr Suchen darauf, und wenn sie *wissen*, werden sie willkommen geheißen. Deshalb kommt es im Frauenbund weder auf den Reichtum noch auf die gesellschaftliche Stellung an, denn diese werden auf der Erde vom Zufall und vom Glück bestimmt, während im Bund nur das von Bedeutung ist, was aus dem Innersten kommt.

Als die Zeit für den nächsten Wandel kam, und sich die Schwarzröcke dazu aufmachten, den Frauenbund zu zerstören, hielten die Frauen durch. Ohne zu kämpfen, ohne zu streiten – an ihrem Wissen festhaltend, hielten sie durch. Nun ist die Zeit fast schon wieder gekommen, viel Magie bereitet sich vor, und bald wird man das Zeichen kennen.

Sisiutl

Es gibt Bäume an der Küste, die silberweiß aussehen, weil sie keine Rinde mehr haben. Ihr totes Holz ist spiralförmig verdreht, sie sehen aus wie im Boden verwurzelte Korkenzieher. Manche Leute meinen, nur Menschen könnten Gefühle wie Stolz, Angst und Freude empfinden, aber die Wissenden sagen uns, alles sei lebendig. Vielleicht nicht auf die gleiche Art lebendig wie wir es sind, alles ist auf seine eigene Weise lebendig, denn wir sind nicht alle gleich. Die Bäume unterscheiden sich von uns in punkto Aussehen, Lebensdauer, Zeit und Wissen, dennoch sind sie lebendig. Genauso wie die Felsen und das Wasser. Und alle haben Gefühle.

An der Küste gibt es Felsen, die – ähnlich den Bäumen – einem Korkenzieher gleichen. Sie sehen aus, als würden sie sich unter Qualen winden. Das gleiche gilt für Luftwirbel und Wasserstrudel. Sie alle haben Sisiutl gesehen, und sie versuchten zu fliehen.

Sisiutl ist das furchterregende Ungeheuer im Meer. Sisiutl kann nach vorne und nach hinten sehen. Sisiutl ist der Lehrer der Seele. Sisiutls Vertraute sind die Stlalacum, die Seher, die auf dem Wind reiten und die Träume bringen. Die Stlalacum suchen die Auserwählten aus, und sie können hinter die Äusserlichkeiten sehen.

Sisiutl bewegt sich ungezwungen im Wasser, ganz gleich, ob es salzig oder süß ist, oder im stärksten Regen, denn er kann sich verwandeln. Er sucht nach denen, die ihre Angst nicht beherrschen können, die keine Wahrheit haben.

Er ist furchtbar und erschreckend. Seine Augen schießen kaltes Feuer in deinen Bauch, und seine gespaltene Schlangenzunge blitzt entsetzlich in deine Seele. Mit Worten läßt sich Sisiutl nicht erklären, er sieht aus wie eine Schlange, hat aber keinen Schwanz, sondern an beiden Enden einen Kopf, einer furchterregender als der andere, und er verströmt Kälte und Abscheu.

Wenn du Sisiutl einmal siehst, mußt du stillstehen und ihm ins Gesicht sehen. Sieh dem Schrecken ins Gesicht. Sieh der Angst ins Gesicht. Wenn du dein Wissen fahren läßt, wenn du zu fliehen versuchst, wird Sisiutl mit beiden Mäulern gleichzeitig blasen, und du beginnst dich zu drehen. Dabei bleibst du nicht in der Erde verwurzelt, wie die Bäume und die Felsen, du wirbelst nicht unaufhörlich wie die Wellen und die Strömungen, du wirst dich spiralförmig drehen und von der Erde abheben. Du wirst ewig umherirren, du wirst zur verlorenen Seele, und deine Stimme wird man im Geheul der ersten Herbstwinde hören, schluchzend und um Befreiung bettelnd. Du bist verloren, du bist kein Teil der Stlalacum, die die Wahrheit kennen, du gehörst niemandem an, du bist allein, einsam und für immer verloren.

Die Rinden flogen von den verängstigten Bäumen und ließen nur das verdrehte, nackte Holz zurück. Allein den tief in der Erde sitzenden Wurzeln haben sie es zu verdanken, daß sie nicht nach oben in die Leere fielen.

Wenn du Sisiutl, den Schrecklichen, siehst, mußt du standhaft sein, auch wenn du Angst hast. Es ist keine Schande, Angst zu haben, denn nur ein Narr würde vor

Sisiutl, dem Abscheulichen, keine Angst haben. Sei standhaft, und falls du beschützende Worte kennst, dann sprich sie aus. Zuerst wird der eine Kopf aus dem Wasser auftauchen, dann der andere. Sie kommen näher. Und näher. Und näher. Die häßlichen Köpfe nähern sich deinem Gesicht, sie kommen noch näher, du spürst den Gestank aus den verschlingenden Mäulern, die Kälte und den Schrecken. Sei standhaft. Bevor sich die beiden Mäuler von Sisiutl auf deinem Gesicht festmachen können, um dir die Seele zu stehlen, muß sich jeder Kopf in deine Richtung drehen. Wenn dies geschieht, wird Sisiutl sein eigenes Gesicht sehen.

Wer die andere Hälfte des Selbst erblickt, sieht Wahrheit.

Sisiutl verbringt eine Ewigkeit auf der Suche nach Wahrheit. Auf der Suche nach denen, die Wahrheit haben. Wenn er sein eigenes Gesicht sieht, sein anderes Gesicht, wenn er sich selbst in die Augen schaut, hat er Wahrheit gefunden.

Er wird dich mit Magie segnen, er wird gehen, und deine Wahrheit wird dir für immer gehören. Die Magie kann zu Zeiten geprüft und sogar geschwächt werden, aber Sisiutls Zauber besteht darin, daß dies deiner Wahrheit nichts anhaben kann.

Und die sanften Stlalacum werden dich oft besuchen und dich daran erinnern, daß deine Wahrheit hinter deinen eigenen Augen zu finden ist.

Und du wirst nie wieder allein sein.

Die Kinder der Glückseligkeit

Mowita lebte allein an dem Ort, wo das wasserdichte Haus aus Zedernholz von der Flut abgesetzt wurde, und sie war sehr einsam. Sie hatte sich an die Gesellschaft ihres Mannes Mah Teg Yelah, an das Gelächter ihrer Söhne und deren Frauen gewöhnt. Sie war es gewohnt, mit Kupferfrau, ihrer Mutter, und ihren Schwestern, die gleichzeitig ihre Schwiegertöchter waren, lange Gespräche zu führen. Aber sie war allein.

Die vier Paare hatten sich dazu aufgemacht, die Welt zu bevölkern, und Mah Teg Yelah hatte sich in Qolus zurückverwandelt und war in den Himmel zurückgekehrt, zum Lied des Windes in den Federn ihrer mächtigen Schwingen. Mowita verbrachte ihre Tage damit, Nahrung zu sammeln; sie sammelte mehr, als sie jemals essen konnte. Sie hielt ihr Haus sauber und machte mehr Kleider, als sie jemals tragen konnte. Und sie fragte sich, was sie denn getan habe, daß sie so allein gelassen wurde. Sie fragte sich, warum sich Kupferfrau dazu entschlossen hatte, auf dem Pfad zu reisen, den die Sonne über dem Wasser beschreibt, wenn sie sich des Nachts zur Ruhe begibt. Sie fragte sich, warum Kupferfrau mit ihrem Einbaum fortgegangen war und Mowita alleingelassen hatte, nachdem sie schon von den vier Paaren verlassen wurde, und nachdem Mah Teg Yelah wieder Qolus geworden war. Sie war schon sehr lange allein, und sie konnte sich kaum mehr daran erinnern, wie es ist, nicht allein zu sein.

Sie sang alle Lieder, die sie kannte, sie tanzte alle Tänze, die sie kannte, sie erinnerte sich all dessen, was sie gelernt hatte, und sie suchte in ihrem Innern nach Antworten. Und eines Tages schaute sie auf, und sie sah ihre Mutter mit ausgestreckten Händen lächelnd auf sich zukommen.

Mowita betrachtete ihre Mutter und wurde von einem so großen Glücksgefühl erfaßt, daß sie meinte, sie würde zerspringen und ihr Geist würde mit dem Wind davonschweben. Sie rannte zu ihrer Mutter, umarmte und küßte sie und weinte vor Freude. In jener Nacht war das wasserdichte Haus aus Zedernholz hell erleuchtet und vom Gelächter und den Stimmen der beiden Frauen erfüllt. Und die Glückseligkeit wuchs in Mowita heran, bis sie spürte, wie sie sich unter ihrem Herz bewegte.

Einige Monate später wurde die Glückseligkeit geboren, sie kam in Gestalt von Zwillingsmädchen, von denen eines die grünen Augen der Großmutter hatte. Sein Name ist so heilig, daß ihn nur wenige wissen dürfen. Sie und ihre Schwester waren die ersten Kinder der Glückseligkeit.

Kinder der Glückseligkeit sind nicht wie gewöhnliche Kinder. Normalerweise sind es Mädchen, aber manchmal kommen auch Knaben mit den Zeichen zur Welt. Ein Kind der Glückseligkeit erweckt immer den Eindruck einer alten Seele, die in einem neuen Körper wohnt. Sein Gesicht wirkt sehr ernst, außer wenn es lacht, dann wird die Welt vom Licht der Sonne erhellt. Man schaut in die Augen eines dieser Kinder, und man *weiß*, daß das Kind alles weiß, was wirklich wichtig ist. Kinder der Glückseligkeit sehen immer etwas anders aus als andere Kinder. Sie haben lange, kräftige Beine und einen entschlossenen Gang. Sie lachen wie alle anderen Kinder, sie spielen wie alle anderen Kinder, und sie sprechen wie alle anderen Kinder, und doch sind sie anders, sie sind gesegnet, sie sind besonders, sie sind heilig.

Sie müssen gehegt und beschützt werden,
sogar wenn du dein Leben riskieren mußt.
Sie können der Traurigkeit verfallen, aber sie werden sie besiegen.
Sie können der Entfremdung verfallen,
weil sie über und durch diese Wirklichkeit hindurchsehen.
Sie halten aus, was andere nicht aushalten können.
Sie überleben dort, wo andere nicht überleben können.
Sie empfinden Liebe, auch wenn sie ihnen nicht gezeigt wird.

Während ihres ganzen Lebens versuchen sie,
die ihnen bekannte Liebe weiterzugeben.

Alte Frau

Kupferfrau lebte während Generationen, ohne sich zu verändern. Ihr Körper war immer noch stark und geschmeidig, die Sonne hatte ihre Haut dunkelbraun gefärbt, aber das Haar war noch immer kupferfarben, die Augen waren immer noch so grün wie das Meer an einem ruhigen Tag, und die Haut hatte nur bei den Augen und am Mund einige Falten bekommen, weil sie oft lachte.

Trotzdem hatte sie viele Jahre gelebt. Ihre Enkelinnen waren selbst Großmütter geworden, die vier Söhne Mowitas und die vier Töchter von Kupferfrau hatten viele Kinder, und deren Kinder waren noch zahlreicher. Kupferfrau war müde. Sie spürte, daß es für sie andere Dinge zu tun gab, Dinge, die sie nicht in menschlicher Gestalt tun konnte. Sie wollte Dinge sehen, die sie in ihrem Einbaum nicht sehen konnte. Deshalb sprach sie mit Mowita, ihrer Erstgeborenen, und sagte ihr, was sie dachte.

Mowita weinte, obwohl sie wußte, daß die Zeit gekommen war. Sie rief ihre Tochter Hai Nai Yu, deren Name »Die Weise« oder »Die Wissende« und noch einiges mehr bedeutet, sprach mit ihr, und Hai Nai Yu hörte zu. Sie ging mit der Großmutter zum Wartehaus, sie saßen auf dem Moos und ließen das Blut der weiblichen Zeit in die Erde fließen, und Kupferfrau erzählte Hai Nai Yu Dinge, die sie Mowita nie erzählt hatte. Hai Nai Yu hörte zu und lernte, und das Wissen war gesichert. Darauf erzählte Kupferfrau Hai Nai Yu, die Weisheit müsse immer durch Frauen überliefert werden, und sie erinnerte sie daran, daß die Menschen ungeachtet ihrer Hautfarbe vom selben Blut stammten, und daß das Blut heilig sei. Es würde eine Zeit kommen, in der die Weisheit fast untergehen würde, aber sie würde nie verlorengehen. Wann immer es nötig sei, würde ein Weg gefunden, den Frauen die Weisheit mitzuteilen. Dann liege es an ihnen, ob sie die Weisheit annehmen wollten. Hai Nai Yu versprach, wenn ihre eigene Zeit komme, werde sie eine Nachfolgerin finden, die sie als Hüterin der Weisheit ersetzen könne.

Kupferfrau warnte Hai Nai Yu, die Welt könnte sich verändern, es könnten Zeiten kommen, in denen *wissen* und *handeln* nicht dasselbe seien. Sie sagte ihr auch, daß das *Bemühen* immer sehr wichtig sei.

Dann verließ sie das Wartehaus zum letzten Mal, und zum letzten Mal aß sie mit ihrer Familie. Sie umarmte alle und küßte sie. Sie versicherte ihnen, sie würde immer da sein, falls sie gebraucht werde.

Sie ging zum Strand und saß da, bis die Sonne untergegangen war und der Mond silbrig in den Wellen glänzte. Dann stand sie auf, sagte die Worte, sang die Lieder, tanzte die Tänze und betete.

Sie ließ ihr Fleisch im Hautbeutel zurück, nahm ihre Knochen mit und wurde ein Geist. Sie wurde zu Alte Frau. Sie verwandelte ihre Knochen in einen Besen und einen Webstuhl.

Auf dem Webstuhl webt sie das Muster des Schicksals
Mit dem Besen reinigt sie den Strand
und den Geist aller Frauen, die sie anrufen.

Sie wurde Teil der Nebelschwaden und des Nachtwindes
sie wurde Teil der Meeresgischt und der Wellen
sie wurde Teil des Regens und des Sturmes
sie wurde Teil des Sonnenscheins und des klaren Himmels.

Sie wurde Teil der Nacht und Teil des Tages
sie wurde Teil des Winters und Teil des Sommers
sie wurde Teil des Frühlings und Teil des Herbstes
sie wurde Teil aller Geschöpfe.

Mit ihrem Besen und ihrem Webstuhl
mit ihrer Liebe und mit ihrer Geduld
webt sie das Muster des Schicksals
und säubert Strände und den Geist
sie webt das Muster der Wirklichkeit
und reinigt Küsten und Seelen.

Sie wird dich nie im Stich lassen.

Tem Eyos Ki

Viele Generationen, nachdem sich Alte Frau von ihrem Fleisch und ihrem Hautbeutel befreit hatte, viele Jahre, nachdem die auserwählten Frauen begonnen hatten, die Geheimnisse zu lernen und zu lehren, kam die erste Zeit der Prüfung. Alte Frau wußte: Diese Zeit kommt.

Während Jahrhunderten hatten sich die Frauen nicht mit Politik und Argumenten befaßt. Diese Dinge überließen sie den Männern, damit die in den langen, dunklen Wintermonaten etwas zu tun hatten. Die Frauen befaßten sich mit spirituellen Angelegenheiten, mit dem Studium der Lehren, mit den Kindern, sie sorgten dafür, daß der Bund stark blieb, und sie stellten sicher, daß das Leben so gelebt wurde, wie es gelebt werden sollte, ganzheitlich und zufrieden.

Aber die Frauen wurden selbstzufrieden. Sie meinten, weil die Dinge immer so gewesen waren, würden sie immer so bleiben. Und sie merkten nicht, daß die Männer viele Bereiche der Gesellschaft zu beherrschen begannen, daß sie mächtig geworden waren, daß sie meinten, es läge in ihrer Macht, den Lauf der Dinge zu bestimmen.

Viele Frauen meinten sogar, die Männer hätten recht, die Dinge müßten so sein, wie es sich die Männer vorstellten. Langsam begannen die Männer, das ganze Leben zu beherrschen, bis sich die Freiheiten der Frauen nur noch auf den Frauenbund beschränkten.

Die Männer fingen an, den Frauen Befehle zu erteilen und zu bestimmen, mit wem sich ihre Töchter verheiraten mußten. Die Männer bestanden darauf, daß Frauen kein Erbrecht haben sollten.

Als die Dinge überhaupt nicht mehr so waren, wie sie sein sollten, geschah etwas, worüber im Frauenbund noch heute gesprochen wird.

Tem Eyos Ki ging ins Wartehaus, um ihre heilige Zeit an diesem heiligen Ort zu verbringen, auf Moos zu sitzen und ihr Blut der Erdmutter zu geben. Die Männer wurden in der Nähe des Wartehauses nicht geduldet, es war zu heilig, als daß sie es hätten verstehen können. Tem Eyos Ki weilte mit einigen anderen Frauen, die auch in ihrer Zeit waren, im Wartehaus, und dort blieb sie während mehr als vier Tagen.

Als sie aus dem Wartehaus kam war sie eine vom Blitz getroffene, vom Wunder geprägte Frau, sie bebte vor Energie. Ihr Gesichtsausdruck war mächtiger als alle Magie, und in ihrem Haar glitzerten Samen des Lebens.

Sie lachte und sang, ihr Lied erzählte von einer grenzenlosen Liebe, einer Liebe ohne Schranken, die nichts forderte und nichts erwartete, aber alles erfüllte. Sie sang vom Wissen und vom Vertrauen, vom Teilen und vom Geben. Sie sang von einem wunderbaren Ort, wie ihn sich niemand vorstellen konnte. Es ist ein Ort ohne Wut und Angst, ohne Einsamkeit und Unvollkommenheit.

Sie ging singend durchs Dorf, und die Frauen folgten ihr. Sie sammelten ihre Kinder ein, Mädchen und Buben, sie folgten Tem Eyos Ki und ließen ihre Kochtöpfe, ihre Webstühle, ihre Männer und ihre Väter zurück.

Tem Eyos Ki ging vom Dorf den Strand entlang auf den Wald zu und sang ihr Lied von der Liebe und vom Wunder, und die Frauen folgten ihr.

Die Männer fanden das Dorf verlassen vor, das Essen war nicht gekocht, und die Arbeiten waren nicht gemacht. Zornig und mit wüsten Drohungen folgten sie den Frauen in den Wald. Sie folgten den Frauen, die Tem Eyos Ki folgten, und Tem Eyos Ki folgte dem Lied, das sie im Wartehaus gelernt hatte, als sie Liebe fand.

Mit Wind und Regen versuchte der Sturm, die Männer aufzuhalten. Der Wald versuchte, sie aufzuhalten. Sogar der Himmel versuchte, sie mit Donner und Blitzen aufzuhalten, und das Meer warf sich gegen die Felsen, um die Frauen zu warnen.

Die Frauen weinten und sagten, sie wollten nicht nach Hause zurückkehren. Die Männer drohten, Tem Eyos Ki umzubringen. Sie wollten ihr Lied zum Schweigen bringen, damit sie ihre Frauen nie mehr vom Herdfeuer weglocken konnte. Sie versuchten, Tem Eyos Ki zu fangen, um sie zu töten.

Aber Qolus, die ein weibliches Wesen und zugleich Vater der vier Söhne ist, die ihrerseits die Väter aller gewöhnlichen Menschen sind, sandte einen magischen Einbaum, und Tem Eyos Ki sprang hinein und hörte nicht auf zu singen. Sie flog über die Köpfe der schimpfenden Männer und der weinenden Frauen hinweg und sang über Dinge, die die Menschen vergessen hatten. Der Sturm ließ nach, der Wind beruhigte sich, der Regen hörte auf, und das Meer wurde ruhig. Alle Geschöpfe hörten das Lied von Tem Eyos Ki. Und dann flog sie weg.

Die Männer hörten auf zu streiten und begannen zu sprechen. Die Frauen erklärten, warum sie weggehen wollten. Die Männer hörten zu. Die Frauen hörten zu.

Sie gingen zusammen nach Hause und versuchten, wieder richtig zu leben.

Aber manchmal mag es einer Frau vorkommen, als höre sie ein Lied, oder sie meint, sich an wunderbare Worte zu erinnern, und sie weint ein bißchen, weil sie beinahe ein Stück Schönheit erfahren hat. Manchmal mag sie von einem Ort träumen, der nicht so ist wie der ihre. Manchmal meint sie fast zu wissen, worüber Tem Eyos Ki in ihrem Lied sang. Und sie weint um eine Schönheit, die sie nie gekannt hat.

Der Frauenbund

Die Menschen lebten annähernd so, wie es ihnen bestimmt war. Annähernd. Und der Frauenbund war stark. Er war offen für alle Frauen, ungeachtet ihrer Stammeszugehörigkeit, ihres Alters, der gesellschaftlichen Stellung, des politischen Ranges oder des Reichtums.

Keine Frau konnte sich ihren Zugang zum Bund erkaufen. Keine Frau konnte ihre Stellung innerhalb des Bundes erben. Jedes Mitglied wurde durch den Bund selbst ausgewählt und dazu eingeladen, eine der Schwestern zu werden. Auf eine Einladung hin konnten sogar Sklavinnen dem Bund angehören. Ihre Besitzer durften ihnen den Beitritt nicht verwehren, sie konnten sie auch nicht von den Zusammenkünften fernhalten, und sie durften ihnen die Teilnahme an Zeremonien nicht verbieten, denn der Bund war mächtig und allseitig geachtet.

Zu den Aufgaben der Frauen, die im Bund vertreten waren, gehörte auch die Erziehung der Mädchen. Sie unterrichteten mit Späßen und mit Liedern, mit Legenden und mit Beispielen. Sie lehrten die Mädchen den Umgang mit ihrem eigenen Körper, sie zeigten ihnen, wie sie sich ihres Körpers erfreuen konnten, wie sie sich selbst und ihre Körperfunktionen respektieren konnten. Sie erklärten ihnen alles, was sie über Schwangerschaft, Geburt und Kinderpflege wissen mußten.

Aber dann wurde die Welt auf den Kopf gestellt. Seltsame Männer kamen in Einbäumen mit fürchterlich stinkenden Segeln, sie waren von scharfgesichtigen, helläugigen Wesen verseucht, wie man sie auf der Insel noch nie gesehen hatte. Diese Männer wollten Wasser und Lebensmittel, sie wollten Bäume für ihre Masten, und sie wollten Frauen; sie machten den Eindruck, als ob sie selbst keine hätten. Ihre Zähne waren löchrig und schwarz, ihr Atem stank, ihre Körper waren behaart. Sie reinigten sich nie in der Schwitzhütte oder beim Schwimmen, und sie sprachen mit lauter Stimme. Sie verlangten Otter- und Seehundfelle und waren bereit, dafür mit Dingen zu bezahlen, von denen die Leute bisher nicht einmal geträumt hatten.

Die Welt wurde auf den Kopf gestellt. Die Leute wurden krank und starben auf eine Weise, wie man es vorher nie erlebt hatte. Kinder husteten, aus ihren Lungen kam Blut, und sie starben. Kinder erstickten an Dingen, die die Krankheit in ihrem Hals auslöste. Sie waren mit Wunden übersät und spuckten schwarzes Blut, wenn sie starben. Niemand war mehr sicher, weder die Sklaven und die Gemeinen noch die Adligen und die Königsfamilie.

Ganze Dörfer starben aus, weil die Leute krank waren, oder weil sie sich im Wahnsinn umbrachten, nachdem sie von der seltsamen Flüssigkeit getrunken hatten, die ihnen die Fremden im Tausch gegen Seehund- und Otterfelle gegeben hatten.

Dann kamen neue Männer. Männer, die nie mit Frauen sprachen, nie mit Frauen aßen, nie mit Frauen schliefen und nie mit Frauen lachten. Männer, die beim Singen und Tanzen, beim Lachen und Lieben finster dreinblickten. Diese Männer behaupteten, der Frauenbund sei ein Hexenbund.

»Du sollst es nicht erdulden müssen, daß eine Hexe

am Leben bleibt«, predigten sie, aber die Leute ließen es nicht zu, daß sie die Frauen des Bundes umbrachten.

Die Priester mußten sich mit den kleinen Mädchen begnügen. Die Mädchen wurden von den Priestern aus den Dörfern geholt und in Schulen gesteckt, so daß sie nicht mehr von Frauen erzogen und unterrichtet werden konnten, die ihnen die Wahrheit über ihren Körper erzählten. In der Schule wurden sie dazu erzogen, die Brüste festzuschnüren, Arme und Beine mußten sie verstecken. Einem Bruder durften sie nie in die Augen sehen, sie mußten auf den Boden blicken, als ob sie sich über etwas schämten. Anstatt zu lernen, daß ihr Körper einmal im Monat heilig ist, wurde ihnen gesagt, sie seien dreckig. Anstatt zum Wartehaus zu gehen, um zu meditieren, zu beten und den vollen Mond und ihren eigenen Körper zu feiern, wurde ihnen beigebracht, sie seien krank und sie müßten sich verbinden und so tun, als seien sie krank. Man erzählte ihnen, sie dürften den Wogen und Brandungen ihres Körpers nie nachgeben, sie dürften sie nie genießen, weil sie sündig seien.

Wenn die Mädchen dann in die Dörfer zurückkehren durften, war ihr Verstand so vergiftet, ihr Geist so beschädigt, ihre Seele so verseucht, daß sie als Anwärterinnen für den Frauenbund nicht mehr in Frage kamen.

Auch die Knaben wurden weggebracht. Man lehrte sie, Frauen seien schmutzige, sündige Kreaturen, die die Männer vom rechten Pfad abbrächten. Sie lernten, Frauen hätte keine eigene Meinung, keinen nennenswerten Verstand und ihr einziger Zweck bestehe darin, den Männern zu dienen.

In weniger als einer Generation wurde die Welt auf den Kopf gestellt, Vernunft und Wahrheit verschwammen und gingen beinahe verloren.

Die Alten Schwestern starben mit Tränen in den Augen, weil die jungen Frauen nicht gelernt hattten, wie sie den eigenen Körper lieben konnten.

Wer sein Selbst nicht lieben kann, kann niemanden lieben
wer sich seines Körpers schämt, schämt sich alles Lebendigen
wer seinen Körper schmutzig findet, ist verloren
wer die schon vor der Geburt erhaltenen Gaben
nicht respektieren kann
kann nie etwas richtig respektieren.

Die Priester glaubten, das Matriarchat vernichtet zu haben. Wo einst Liebe und Respekt herrschten, sahen sie jetzt Streit und Trunksucht. Sie sahen Männer, die Frauen und Kinder schlugen. Sie sahen Frauen, die ihre Kinder schlugen und sogar im Stich ließen. Sie sahen, wie sich Mädchen, die eigentlich Klanmütter werden sollten, in den Städten der weißen Eindringlinge prostituierten.

Aber sie sahen nicht, daß einige Frauen die Weisheit des Matriarchats sicherten und bewahrten – sogar unter Lebensgefahr. Die Frauen trafen sich im Geheimen, oft sogar in den Kirchen der Eindringlinge. Sie gaben vor, sie würden an das glauben, was die Priester erzählten. Sie sprachen sehr vorsichtig und waren darauf bedacht, ihr Wissen zu hüten.

Viel war verloren gegangen. Vieles kann nie mehr zurückgewonnen werden. Von der einst wunderschönen Tanzrobe des Lernens sind uns nur noch verstreute Fragmente geblieben. Aber so verzerrt und bruchstückhaft sie auch sein mag, sie ist immer noch besser als die Ideen, die die Eindringlinge mitbrachten.

Es gibt ein paar Frauen, die jetzt alt sind und keine Kraft mehr haben. Ein paar alte Frauen, die das am Leben erhielten, was die Eindringlinge zerstören wollten. Großmütter und Tanten, Mütter und Schwestern. Sie alle müssen von uns in Ehren gehalten, geschätzt und beschützt werden, auch unter Einsatz unseres Lebens. Sie müssen respektiert werden. Immer. Es sind Frauen, die das wissen, was wir wieder lernen müssen. Frauen, die uns eine Grundlage bereitstellen, auf der wir wieder aufbauen müssen. Frauen, die mit uns teilen, wenn wir sie darum bitten. Frauen, die uns lieben.

Heute gibt es junge Frauen, von denen sich einige scheinbar nicht als Kandidatinnen eignen, die aber geprüft und als würdig befunden wurden, und die die alte Weisheit lernen. Junge Frauen, denen es nicht immer gelingt, das zu *tun*, was sie *wissen*, und die deshalb auf unsere Liebe und unsere Hilfe angewiesen sind.

Die Tanzrobe ist noch nicht vollständig, das Lied ist nicht fertig, der Tanz ist nicht vollkommen, die Worte sind nicht alle bekannt. Aber der Bedarf besteht, und Alte Frau ist mit uns. Sie wird uns helfen, und sie wird mit uns sein, wenn wir sie am nötigsten haben.

Der Chesterman-Strand

Wir saßen auf der Treppe vor dem Haus, kümmerten uns um wenig bis gar nichts und beobachteten die heimkehrenden Fischerboote, die Ausflugsboote und die Yachten, und wir hörten Radios. Mehrere. Meistens stellen wir am Abend das Radio ans offene Fenster und setzen uns nach draußen, wo es frischer, wenn nicht sogar kühler ist. Dann stellen auch andere Leute ihr Radio ans Fenster und setzen sich draußen auf die Stufen, und weitere folgen. So muß niemand sein Radio bis zur Schmerzgrenze aufdrehen, um die Nachrichten zu hören. Wenn ein eingefleischter Individualist einen anderen Sender einstellt, ist es mit dem geselligen Nachrichtenhören natürlich vorbei. Da wir aber keine allzugroße Auswahl an Sendern haben, gibt's damit kaum Probleme. Mehr Verdruß bereiten uns die Kassettenrecorder, von denen es bei uns immer mehr gibt – trotz der Tatsache, daß die Fischereisaison noch nie so hundsmiserabel war. Dies war auch der Grund, warum so viele von uns draußen saßen und Radio hörten. Und darum waren auch mehr Vergnügungs- als Fischerboote draußen. Viele sagten sich, die paar Fische, die sie an Land ziehen könnten, seien das Benzin nicht wert. Billy Peters ging sogar so weit, vier von den Ältesten an Deck zu stellen und sie trommeln und singen zu lassen, so wie sie es früher gemacht hatten. Als auch dies nichts brachte, außer daß alle ihren Spaß hatten und die alten Männer sich sauwohl fühlten, kamen die anderen zum

Schluß, sie könnten genausogut zu Hause bleiben. Wenn es dort draußen keine Fische gab, gab es auch nichts zu fischen.

So saßen wir nach dem Abendessen herum und schlürften unseren Kaffee, und die klangvolle Stimme des CBC-Sprechers tönte aus den Radios. Er ließ uns wissen, an der ganzen Küste sei wegen der Roten Flut Alarm ausgelöst worden, und der Fang von Austern und Muscheln sei verboten.

Einer der Jungen kicherte und meinte: »Zur Hölle mit der Roten Flut, das geht doch nur die weißen Jungs was an.« Ein paar nickten und lachten, aber meine Oma schüttelte den Kopf und suckelte an der oberen Zahnreihe. Fred ging ins Haus, stellte sein Radio ab und kam herüber, um sich zu uns zu setzen. Dann kamen Frank und Jackie und auch Jim herüber, also ging ich ins Haus, drehte unser Radio aus, nahm den großen Emaille-Teekessel hervor und stellte ihn auf den Gasherd, um Tee zu kochen.

Angie Sam brachte ein Blech voll Hafermehl-Kekse mit, das sie gerade aus dem Ofen genommen hatte. Alice und Big Bill brachten ein Blech mit braunen Keksen, und bevor das Wasser kochte, kamen noch Semmeln, Kuchen, Rosinenbrötchen und Christies Gewürzkuchen dazu, nebst ein paar anderen Sachen, die irgendwo angerührt worden waren und jetzt in unserem Ofen steckten, wo wir sie später backen konnten. Kurz und gut, wir waren für einen gemütlichen Abend bestens gerüstet.

Die große Überraschung kam, als meine Oma sagte, ich sollte mir vielleicht Notizen machen. So könne ich später alles aufschreiben, und die Geschichten würden nicht verlorengehen, wenn sie einmal sterbe. Meine

Oma sprach schon seit Jahren sehr nüchtern über den Tod – nicht weil sie schwach, gebrechlich oder krank war, sondern weil das Sterben für sie und eine Menge anderer alter Menschen genauso zum Leben gehört wie die Geburt. Es ist ein wichtiges Ereignis, ein großer Schritt, den man nicht auf die leichte Schulter nimmt. Aber es war das erste Mal, daß sie so weit ging und mir sagte, ich solle das Zeug aufschreiben. Normalerweise muß ich um Erlaubnis fragen, und oft lautete die Antwort »nein«, denn das Aufschreiben habe nur nötig, wer zu faul zum Erinnern sei, und ich dürfe ohne Erlaubnis nichts aufschreiben. Ich werde deshalb einen ganzen Kopf voller Geschichten aufzuschreiben haben, wenn ich jemals die Erlaubnis dazu bekomme. Ich nahm also mein Notizbuch hervor, benutzte aber vor allem meine Ohren. Wahrscheinlich habe ich mich in all den Jahren, in denen ich mit ihr lebte und von ihr lernte, einfach zu gut daran gewöhnt.

»Wir nannten es nicht die Rote Flut«, sagte Oma sanft. Sie sprach Englisch, weil viele Junge die Nootka-Sprache nur schlecht oder überhaupt nicht verstehen. Wir beugten uns alle nach vorn, um sie besser verstehen zu können, und sie sagte uns, wie die Rote Flut in Nootka heißt. Es würde keinen Sinn machen, das Nootka-Wort hier aufzuschreiben, weil wir kein Alphabet haben und nie eins gebraucht haben, wir haben alles Wichtige auswendig gelernt. Sogar wenn ich Omas Bezeichnung für die Rote Flut hier buchstabieren würde, könnte man über die Aussprache nur Vermutungen anstellen.

Natürlich haben nicht alle von uns *alles* auswendig gelernt. Manche haben anhand der Geburten und Hochzeiten Familiengeschichten auswendig gelernt, andere lernten Handels- und Fischereiabkommen auswendig, oder die Lieder und Gesänge für die Navigation auf den Strömungen des Meeres, die Worte von Liedern und Gedichten, und wieder andere die Schritte der Tänze. Dies ist ohne Zweifel eine riskante Methode. Jede Pocken- oder Tuberkulose-Epidemie löschte ganze Kapitel einer einst im wahrsten Sinne des Wortes lebendigen Geschichte aus. In der Schule haben sie mir allerdings erzählt, die Bibliothek von Alexandria sei bis auf die Grundmauern niedergebrannt; es kann also so oder so etwas schiefgehen.

Die Rote Flut wird von kleinen Lebewesen im Meer verursacht, Plankton vielleicht, das im Sonnenlicht und im warmen Wasser gedeiht. Das Wasser vor der Insel ist nie eigentlich warm, aber alles ist relativ. Der Sommer ist wärmer als der Winter, und die kleinen Dinger wachsen, sie vermehren sich, und manchmal werden sie so zahlreich, daß sich das Wasser verfärbt. Wenn Austern oder Muscheln dieses Wasser durch sich hindurchseihen und die kleinen Dinger dabei zu sich nehmen, dann geschieht ihnen dabei nichts, aber wer sie ißt, wird krank und kann daran sterben.

»Von der Zeit, in der die Lachsbeeren reif sind, über die Zeit, in der die Brombeeren gepflückt werden, bis zum ersten Frost darf niemand, der sauber bleiben will, von den Schalentieren essen, die der Weiblichkeit gleichen«, sagte Oma halb singend. Falls du nicht weißt, was Oma mit der Weiblichkeit meinte, dann solltest du gelegentlich einen Blick auf dich selbst werfen.

»Wer vom Verbotenen ißt, mag in diesem Leben keinen Schaden erleiden, aber niemand kann sagen, welchen Preis sie im nächsten Leben bezahlen werden. Es steht uns nicht zu, dies zu wissen. Aber viele, die die religiösen Ernährungsgesetze brechen, müssen sterben. Es gibt keinen Schutz und kein Heilmittel. Zuerst kribbelt es in den Fingerspitzen, dann rund um die Lippen und im Gesicht. Das Kribbeln wird zur Starre. Die Starre breitet sich aus und wird zur Lähmung. Man fühlt keinen Schmerz. Es gibt sogar angenehme Empfindungen und Träume in leuchtenden Farben, aber die Seele entgleitet, sobald die Vergiftung überhandnimmt. Dann stoppt der Atem, und der Körper ist ein leeres Gehäuse. Nur noch totes Fleisch an den Knochen, zusammengehalten von einem Hautsack.«

Es herrschte eine gewisse Stille. Dann holte der Bursche, der gesagt hatte, die Rote Flut sei etwas für die weißen Jungs, tief Luft und sagte, ohne Oma anzublikken: »Ich kenne keinen, der je daran gestorben ist.«

»Ich schon«, sagte sie, immer noch sanft, flüsterte dann ein paar Namen und sagte einige heilige Worte. »Eine ganze Familie: Mutter und Vater samt fünf kleinen Kindern. Die Eltern wurden weggebracht, als sie noch ganz klein waren, sie wurden in einer Schule erzogen, und man hat ihnen unser Wissen nie beigebracht. Eines Nachts aßen sie einen Muschel-Eintopf, und als sie am nächsten Morgen nichts von sich hören ließen, ging jemand zu ihnen rüber, um nachzusehen. Sie waren alle tot. Im Topf war noch etwas vom Essen übriggeblieben – innen weiß, außen blau –, und wir nahmen den Eintopf und begruben ihn zusammen mit der Pfanne, worin sie ihn gekocht hatten; aber es war zu spät.«

»Früher war es so ...«, sie nahm eine Tasse Tee und ein Stück von Sammy Adams Zitronentorte entgegen. Nachdem sie auf ihren Tee geblasen hatte, um ihn zu kühlen, nachdem sie die Torte gegessen und zufrieden genickt hatte, und nachdem sie ihren Mund mit Tee gespült hatte, ließ sie die Tasse nachfüllen und begann nochmals von vorn. »Früher war es so, daß sich die Nachricht rasch verbreitete, wenn in einer Bucht rote Flecken auftauchten. Wenn wir also zum Beispiel hier rote Flecken gesichtet hatten, dann sandten wir Einbäume aus, die die Nachricht nach Queens Cove, Zeballos, Nootka Island Kyuquot und in alle verwandten Dörfer trugen. Diese wiederum verbreiteten die Nachricht in anderen Orten, die sie ihrerseits auch verbreiteten, so daß es bald alle wußten. Manchmal haben wir die Stelle mit einem geschnitzten Warnschild oder einem Pfosten markiert, und während vier Jahren – vier Jahren ohne rote Flecken – fing dort niemand etwas.

Die vergiftete Nahrung wurde manchmal für heilige Zwecke verwendet. Einige dieser Zwecke sind immer noch geheim.« Wir nickten alle respektvoll. »Die alten Frauen gingen mit einigen Schülerinnen hin, um eine Portion der vergifteten Schalentiere einzusammeln, dann brachten sie diese nach Hause und kochten sie, bis fast kein Wasser mehr drin war und sie eine richtig dicke Suppe hatten. Danach trockneten und zerstampften sie das Zeug und legten es zum Trocknen in die Sonne. Was dann nach gründlichem Zerstoßen noch übrigblieb, war so eine Art Pulver. Vermischte man dieses Pulver mit Wasser, dann hatte man eben ein Gift.«

Sie lächelte zufrieden in sich selbst hinein und blickte über das Wasser. »Einer von Captain Cooks Matrosen starb an den roten Flecken. Vielleicht war es mehr als einer, aber einer war es sicher.

In der Schule erzählen sie, dieser Ort sei von Cook entdeckt worden. Er war aber nicht als erster hier. Die Ehre wurde ihm nur zuteil, weil er Engländer war, und

Engländer konnten es nie leiden, irgendwo zweite zu sein. Die Spanier waren zuerst da, lange vor den Engländern, sogar mehrere Generationen vor den Engländern. Mit den Spaniern war die Sache so, daß es quasi zu ihrer Religion gehörte, Schiffe und Besatzungen auszusenden und nach neuen Welten Ausschau zu halten. Wer etwas gefunden hatte, ging zurück, erstattete Bericht und war ein Held. Diejenigen, die die Rückkehr nicht schafften, waren Engel, oder so was ... wie nennen sie die, Ki-Ki?«

»Märtyrer«, sagte ich rasch.

»Märtyrer«, Oma nickte und nahm einen Schluck Tee. »Also, ein paar von den Märtyrern sind hierher gekommen.« Sie kicherte plötzlich, auf ihrem Gesicht zeigten sich sämtliche Runzeln, es sah aus wie ein gedörrter Apfel, und ich konnte das kleine Mädchen sehen, das sie vor langer Zeit gewesen war. »Von den Helden kamen nicht allzu viele, dafür etwa drei Schiffsladungen voll Märtyrer.« Das dürre Grinsen verschwand, und das weiche Gesicht meiner Großmutter verhärtete sich, bis es aussah, als sei es aus Stein gehauen, aus dem harten Granit der Kliffe.

»Keestadores«, knirschte sie mit kalter Stimme, »spanische Conquistadores mit Metall an den Leibern und metallenen Hüten auf dem Kopf. Sie hatten so wenig Herz, daß man keine Worte darüber zu verlieren braucht.« Wir saßen alle bewegungslos da, der Klang ihrer Stimme ließ uns einiges erahnen.

»Sie tauchten aus dem Nebel auf, es waren Schiffe, wie wir sie noch nie gesehen hatten. Dann sahen wir Boote, die die Schiffe umschwammen wie die Entchen ihre Mutter, darin waren rudernde Männer, die glücklich winkend und schreiend auf den Strand zukamen.

Der aus unseren Häusern aufsteigende Rauch mußte etwas vom schönsten gewesen sein, das sie seit Monaten gesehen hatten.

Also hießen wir sie willkommen, fütterten sie und gaben ihnen frisches Wasser und Lebensmittel, auch für ihre an Bord gebliebenen Freunde.

Zunächst war alles in Ordnung, aber nach und nach wurde es richtig schlimm. Sie hatten Offiziere, Matrosen und Soldaten, aber die eigentlichen Probleme kamen von ihren heiligen Männern, den Priestern in den Röcken. Ihre Augen glühten wie Kohlen, Freundlichkeit war ihnen ein Fremdwort.

Zuerst beschwerten sie sich über die nackt badenden Kinder, am Ende kontrollierten sie unser ganzes Leben. Sie hatten etwas gegen den Frauenbund und sagten, Frauen seien keine Partner. Sie erzählten den Männern, die Frauen seien zur Erbschaft nicht berechtigt, Frauen seien dazu da, von den Männern ausgenutzt und herumkommandiert zu werden, man könne sie wie eine Ware behandeln.

Alles, was mit Frauen zu tun hat, schien ihnen in den falschen Hals zu geraten. Ich habe keine Ahnung, wie ihre eigenen Frauen waren, weil ich nie eine Keestadore-Frau sah. Sie kamen nur mit Männern und jungen Knaben her, die sie als Frauen benutzten – ob denen das paßte oder nicht.

Zuerst haben wir nur mit den Schultern gezuckt, schließlich soll jeder auf seine Art glücklich werden, aber diese Haltung wurde von ihnen nicht erwidert. Sie wollten, daß wir die Dinge so angehen, wie sie es tun. Ihre Sonntagsmanieren nutzten sich sehr schnell ab, und auf einmal richteten sie ihr großes Gewehr auf einen kerngesunden Baum und bliesen ihn um – nur um zu beweisen, wozu sie fähig waren. Dann sagten sie, es müßte sich etwas ändern, oder sie würden das Gewehr auf das Dorf richten. In kürzester Zeit wurden sie eine richtige Landplage.

Solange sie keine Frauen hatten, mochten sie mit den Knaben zufrieden sein. Sobald sie aber eine Frau erblickten, hatten sie nichts anderes mehr im Kopf. Eine Zeitlang gingen die Frauen des Adels und der Königsfamilie nicht in ihre Nähe. Einige der Gemeinen und die meisten Sklavinnen hingegen waren bereit, ihre Gunst gegen die seltsamen Dinge der Keestadores zu verkaufen.

Aber alle Frauen, die mit den Keestadores zusammen waren, wurden sehr bald krank. Sehr krank.«

Sie schwieg lange, saß mit der Tasse in der Hand da und schaute aufs Wasser hinaus, wo die ersten Schatten der Nacht über die Wellen wanderten. Wir saßen alle da und warteten. Wir wußten, wie schmerzhaft es für sie war, wenn sie sich an den Schock der ersten Begegnung mit der Syphilis und ihren mörderischen Folgen erinnerte. Ein paar Frauen benutzten die Zeit, um über schläfrige Gesichter zu streichen und halb eingeschlafene Kinder auf mein Bett zu legen, wo sie ihren Daumen in den Mund steckten, die Augen schlossen und sich sicher fühlten; sie wußten, daß man sie mit nach Hause nehmen würde, sobald es Zeit war. Ein paar von uns zündeten diese kleinen grünen Röllchen aus Italien an, die die Moskitos vertreiben. Ich brachte Oma den Schal und machte nochmals eine große Kanne Tee. Dann ließen wir uns nieder, um mehr von der Geschichte zu hören, die nie in Schulbüchern erscheinen wird. Wir haben die andere Version schon so oft gehört, daß einige sogar daran glauben.

Oma bat um eine neue Tasse Tee, und damit wußten wir, daß es weitergeht. Wir sahen auf die Bucht und die Inseln hinaus, wir sahen sie, wie sie heute sind, gleichzeitig sahen wir sie aber auch so, wie sie vor vielen Jahren ausgesehen haben mußten, bevor die Holzfäller kamen.

»Eines Tages beriefen die Frauen eine Versammlung ein und sagten, sie wollten keine Keestadores und keine Priester mehr, sie hätten von den Einmischungen und Torheiten genug. Und als die Älteste erklärte, was die verdammte Krankheit bei den Frauen anrichtete, die mit den Matrosen zusammen waren, und als sie erklärte, wie dreckig das ganze Geschäft war, da waren sich alle einig: Gastfreundschaft sei eine Sache, aber irgendwo müsse es eine Grenze geben. Und Kinder, die ohne Nase oder mit Zähnen geboren wurden, die so spitz seien wie die einer Katze, seien Grund genug, diese Grenze zu ziehen.

Daraufhin traf sich der Rat mit den Keestadores und sagte ihnen, wir hätten genug. Unter den Keestadores gab es keinen, der unsere Sprache auch nur annähernd verstand, aber einige Erinnerer verstanden genug von der ihren, um die Botschaft übermitteln zu können. Sie mochten gar nicht, was sie da erzählt bekamen.

Wir haben ihnen den Zugang zum Wasser nicht verwehrt, auch das Fischen haben wir ihnen nicht verboten, aber wir haben ihnen den Zutritt zum Dorf verweigert. Sie haben dagegen protestiert, und während einer gewissen Zeit mußten wir dafür sorgen, daß unsere Kämpfer mit den großen Kriegskeulen für alle gut sichtbar postiert waren.

Die Kinder brachten wir zusammen mit den Müttern in den Busch, damit ihnen nichts geschehen konnte, falls die Keestadores mit ihrem großen Gewehr ernst machten.

Schließlich ließen die Keestadores von uns ab, ohne die großen Gewehre zu benutzen, aber sie hingen immer noch herum und machten uns eine Menge Sorgen. Sie kamen so nahe ans Dorf, wie sie sich getrauten, versuchten zu lächeln und nett daherzureden. Als das nichts nützte, folgten schmutzige Blicke und obszöne Gebärden. So ging es weiter, und als wir zu den warmen Schwefelquellen gingen, um zu baden und uns zu reinigen, mußten wir zwanzig oder dreißig Kämpfer mitnehmen, um die anderen in Schach zu halten.

Eines Tages fanden wir einen Kämpfer, dem der halbe Kopf weggeblasen worden war. Wir wußten, daß dies die Keestadores getan hatten, aber wir wußten nicht, welcher es gewesen war. Uns war klar, daß sie alle lügen, daß der Schuldige von seinen Freunden gedeckt würde und daß es keinen Sinn hatte, viel Aufhebens zu machen. Wir meinten, vielleicht würden sie uns jetzt in Ruhe lassen. Ein paar Kämpfer waren sehr aufgebracht, eine ungerächte Seele findet nur schwer zur Ruhe. Aber trotz ihrer Wut wußten sie, daß die Zeit noch nicht gekommen war. Sie mußten die richtige Zeit abwarten.

Eines Nachts hörten wir einem Dichter zu. Er erzählte eine neue Geschichte, die vom Meer und von einer Phantasiereise in ein magisches Land handelte. Plötzlich hörten wir einen fürchterlichen Schrei. Wir rannten alle umher und versuchten herauszufinden, was passiert war. Alles, was wir mit Sicherheit feststellen konnten war, daß zwei Mädchen vermißt wurden, kleine Mädchen, zehn und elf Jahre alt. Sie waren weggegangen, um sich Material fürs Korbflechten zu besorgen.

Eine der beiden lernte gerade, wie man das macht, sie wollte es der anderen zeigen und an einem Korb arbeiten, während sie dem Dichter zuhörten. Wir suchten die ganze Nacht nach ihnen, ohne sie zu finden. Erst bei Tagesanbruch fanden wir sie.«

Sie hob ihre Hand nicht, um die Tränen abzuwischen. Sie ließ sie über ihr Gesicht auf ihr blaues Baumwollkleid laufen, das sich dunkel färbte. Ihre Stimme zitterte, aber sie sprach weiter, fast singend. Offenbar mußte sie die Dinge in einer Art Struktur zusammenhalten, sonst hätte sie der Schmerz überwältigt.

»Die erste, die gefunden wurde, lag halb im Wasser, mit dem Gesicht nach unten. Ihre Beine schaukelten im Wasser, ihre Augen starrten blind auf den Sand und die Steine. Ihr Kleid wurde später gefunden. Der Körper war von blauen Flecken und Bissen übersät, ihre kleinen Mädchenbrüste waren zerkratzt und zerkaut, aber das Blut war vom Meer weggewaschen worden. Man hatte ihr ein Stück Stoff in den Mund gestopft, um ihre Schreie zu ersticken, auf dem Hals hatte sie blaue Fingerabdrücke. Gestorben ist sie aber, weil man ihr den Hinterkopf einschlug, vielleicht mit einem Stein, vielleicht mit dem Handgriff eines Keestadoren-Schwertes. Sie war bereits tot, als man sie ins Wasser warf, aber ihre letzten Stunden waren die Hölle, und der Tod muß als Freund zu ihr gekommen sein.

Die zweite wurde in den Büschen gefunden, sie lag auf zertretenem Salal, umgeben von Heidelbeeren und Oregon-Weinbeeren. Nackt. Ihr Kleid haben wir nie gefunden. Sie müssen sich mit ihr Zeit genommen haben, auf ihrem Gesicht lagen eingetrocknete Tränen, und es gab Stellen, wo sie den Staub und Dreck ihres Kampfes weggewaschen hatten. Ihr Mund war geschwollen, ihre Lippen zerschnitten und geplatzt, und auf der rechten Gesichtshälfte hatte sie einen großen blauen Fleck.

Die Leute konnten nicht fassen, was geschehen war. So etwas hatte es in all der Zeit, seitdem das Leben begonnen hatte, überhaupt nie gegeben, sie konnten das Zeugnis der fürchterlichen Tat nur anstarren, der Schock hatte sie gelähmt. Sie sahen, was geschehen war, aber sie konnten nicht begreifen, wie so etwas geschehen konnte, und warum. Es war schon unglaublich genug, daß die Keestadores eine erwachsene Frau gegen ihren Willen zum Geschlechtsverkehr zwangen, aber der Gedanke an einen Geschlechtsverkehr mit einem Kind war für die Leute einfach zu scheußlich, als daß sie sich so etwas hätten vorstellen können. Deshalb wußten sie nicht, was sie dazu sagen sollten. Die Alte Frau untersuchte beide Kinder, und es war, als ob der Beweis in ihren Händen den Stützpfeiler der ganzen Schöpfung erschütterte und das Hier und Jetzt ebenso bedrohte wie die Vergangenheit und die Zukunft. Sie blieb lange allein an ihrem heiligen Ort, betete und rief die magischen Kräfte um Hilfe an, damit sie verstehen könne. Als sie uns schließlich erzählte, was sie durch die Gebete und die Magie gelernt hatte, glaubten wir ihr, aber wir konnten immer noch nicht begreifen, warum jemand so etwas tun konnte.

Wir ließen die Mütter der Mädchen nicht in deren Nähe, bevor wir sie gewaschen und zurechtgemacht hatten, und niemand wollte ihnen erzählen, was die Älteste über das Geschehene gesagt hatte. Wenn wir nur daran dachten, was die beiden Mädchen durchgemacht hatten, weinten wir, und es wurde uns übel. Alle versuchten, nicht daran zu denken, aber wer davon wußte, konnte nicht anders als dauernd daran zu denken, und alle waren … wir waren einfach gelähmt. Einfach gelähmt.

Einige Kämpfer waren drauf und dran, durchs Wasser zu waten und einfach loszuschlagen, aber wir beruhigten sie und machten ihnen klar, daß sie nie alle kriegen würden, und daß die Überlebenden immer noch ihre großen Gewehre hätten, also warteten wir.

Wir warteten und sprachen kein Wort mit den Keestadores. Wir sagten ihnen nicht einmal, daß zwei Kinder umgekommen waren.

Ein gutes Stück vom Dorf entfernt hatten sie ein Lager, und in der Bucht davor lag ein Schiff. Sie hatten ihre Pferde vom Schiff geholt und hielten sie die Nacht über in einer Umzäunung, aber am Tag ließen sie sie ziemlich frei herumlaufen. In der Nacht wurden Wachen aufgestellt, damit sie niemand stibitzen konnte, und am Tag gab es Patrouillen.

Ein paar Schülerinnen und Eingeweihte trafen sich im Wartehaus, um eine Weile mit der alten Frau zusammen zu sein und zu beten, um zu fasten und zu meditieren. Danach ging ein halbes Dutzend von ihnen zum Ort, wo die Keestadores waren. Eine nach der anderen suchte sich einen Wachtposten aus und ging keck lächelnd, verlockend und freundlich auf ihn zu.

Erinnert euch daran, daß wir keine Huren und Flittchen hatten, bei diesen Frauen handelte es sich um Eingeweihte des Frauenbundes, Schülerinnen von Alte Frau, wie Ki-Ki eine ist, sie waren stolz auf ihren Körper und sie waren sich bewußt, daß sie zukünftige Klanmütter waren. Keine von ihnen hatte sich vorher einem Spanier auf diese Weise genähert, und normalerweise hätte dies auch nie eine von ihnen getan.

Bestimmt haben die Wachtposten gemeint, ihr Gott habe ihnen die Frauen persönlich geschickt! Sie waren bisher noch nie Frauen begegnet, die auf ihren Körper stolz waren und sich seiner und aller guten Gefühle, die damit verbunden sind, erfreuten. Innerhalb weniger Nächte wurde das Wacheschieben zu einer begehrten Aufgabe, und wer nicht Wache stehen durfte, der grinste und war eifersüchtig auf jedes Geräusch, das er aus dem Dunkeln hörte. Man hörte das Gras rascheln, Seufzen und Stöhnen, und manchmal einen überraschten Aufschrei, der in einem tiefen Gelächter einer neckenden Frau endete.

Nun, es war Ebbe, der Wasserstand war sehr niedrig, und das bedeutete, daß es nur einen Weg in die Bucht hinein und aus der Bucht heraus gab, weil der andere von einer Sandbank blockiert wurde. Nicht lange, nachdem die Sonne untergegangen war, zog Nebel auf. Die Leute am Strand machten ein großes Feuer, um den Dunst und die beängstigenden Schatten zu vertreiben.

Die Einbäume bewegten sich ganz leise durch den Nebel. Darin saßen Kämpfer aus Tahsis, Kyuquot und Clayoquot, aus Hesquiath, Yuquatl und Hecate, aus Dörfern, die es gar nicht mehr gibt, weil sie von den Epidemien ausgelöscht wurden, aus Ehatisaht und Kelsemaht, aus Opitsaht und Kallicum.

Es waren Männer und Frauen, die paddelten, Männer und Frauen, die sich geläutert hatten und die bereit waren, zu sterben und zu töten. Männer und Frauen, die ihren eigenen Ängsten ins Auge geschaut und sie überwunden hatten. Sie alle waren nun dazu bereit, sich der unbekannten Welt zu stellen, wenn es darauf ankam.

Am Strand traten die heiligen Schwestern lächelnd

aus dem Nebel, ihre nackten Brüste glänzten vom eingeriebenen Robbenfett, ihre Haut war mit Hemlock und Farnkraut parfümiert, und das Haar duftete vom eingeriebenen Blumensaft.

Nebel ist nicht etwas Festes wie eine Wand, er wandert herum und wird verweht. Da, wo er weggeblasen wird, scheint das Mondlicht, deshalb sahen die Wachen die Schwestern auf sich zukommen. Sie haben die Helme und das Metall auf ihrer Brust und dem Rücken ausgezogen, bis ihre Haut nackt war, bereit für die Berührungen der Schwestern.

Die Einbäume kamen hinter der Landzunge hervor und verteilten sich in der Nebelbank, um die Passage zu blockieren. Die Frauen glitten seitwärts aus den Booten, sie hatten eine dicke Schicht Tran auf ihre Körper aufgetragen, um sich vor der Kälte des Wassers zu schützen. Jede vierte Frau trug eine Steinschale voll glühender Kohlen, darüber lag ein feuchter Zedernkorb, der die Glut verdeckte. Die anderen drei hatten Robbenblasen bei sich, die mit flüssigem Robbenöl oder Zedernpech gefüllt waren, und sie schwammen ganz leise längsseits des großen Holzschiffes und schmierten das Öl und das Pech an die Schiffswand.

Die heiligen Schwestern lächelten und schmiegten sich eng an die Wachtposten, ließen sich berühren und streicheln und verführen und legten sich mit ihnen auf den Boden. Die Wachen waren ziemlich überrascht, als die Schwestern ihre Beine um ihre Hüften schlossen, hinter ihrem Rücken die Füße verschränkten und den Mund eng auf den ihren preßten. So war kein Laut zu hören, als sie den Spaniern den Hals aufschlitzten.

Sobald die Wächter nicht mehr um sich schlugen und zu zucken aufhörten, rollten sich die Schwestern unter ihnen hervor und zogen die spanischen Helme und Rüstungen an. Dann standen sie im dünnen Nebel, mit spanischem Blut auf ihren Körpern, das abkühlte und trocknete. Für die rund ums Feuer sitzenden Spanier war alles in Ordnung. Die wenigen leisen Geräusche, die sie hörten, ließen sie nur grinsen und sie wünschten sich, Wachtdienst zu haben. Der Nebel und das Feuer trugen das ihre dazu bei, daß sie im Dunkeln kaum etwas sehen konnten.

Die Schwestern pfiffen schrill wie die Habichte, worauf das Heer aus dem Wald hervorkam. Alle bewegten sich leise, sie schlichen von Schatten zu Schatten, von Nebelschwade zu Nebelschwade, versteckten sich hinter Steinen und Baumstämmen. Die ums Feuer versammelten Spanier hörten einem zu, der Musik aus ihrer Heimat spielte. Im Heer waren Leute der Tse-Shaht, sie kamen aus der Gegend, die man heute Tofino, Bamfield und Ucluelet nennt, sie waren den Kanal runter gekommen, und Leute aus der ganzen Gegend hier. Alle Männer waren gekommen, es waren sogar einige Jungs dabei, die ihre Männerausbildung noch nicht ganz abgeschlossen hatten, und Frauen, sofern sie nicht schwanger waren oder stillten. Nur die Alten, die Jungen und die Frauen mit kleinen Kindern hatten sich nicht zum Kampf gerüstet.«

Einer der zuhörenden Burschen machte einen verworrenen Eindruck, deshalb hörte Oma mit dem Erzählen auf und wartete, bis er sein Durcheinander selbst in Ordnung gebracht hatte – oder eine Frage stellte. »Ich wußte gar nicht, daß es auch Kriegerinnen gab …?«

»Frauen haben gekämpft«, sagte Oma geduldig, sie ließ sich durch die Unterbrechung nicht aus der Fassung bringen. »Bevor die Ausländer kamen, haben wir nicht oft gekämpft, aber als sie kamen, haben alle mitgemacht, die tauglich waren. Ausgenommen diejenigen, die nicht verletzt werden durften, die Besonderen oder Heiligen, wie etwa die Traumsprecherinnen, die Erinnerinnen, die Tänzerinnen, die Clownfrauen und die Frauen, die Leben in sich trugen oder stillten. Niemand hätte einen dieser Menschen bekämpft oder getötet, weil sie ihre eigenen nicht in Gefahr bringen wollten. Wer eine Erinnerin tötete, löschte ein großes Stück Geschichte aus, und wenn du jemandes Geschichte auslöschst, dann könnte es mit deiner eigenen auch bald zu Ende sein, und wenn sie nicht mehr da ist, hast du alle Menschen umgebracht, die vor dir da waren. Vielleicht sogar die einzige Erinnerung deiner selbst aus einer früheren Zeit, deshalb haben diese Menschen jede Art von Auseinandersetzung vermieden.«

»Wenn eine Frau umgebracht wurde, die ein Kind hatte, was geschah dann mit dem Kind?« fragte Jackie, und wir alle wußten, daß sie dabei an sich selbst dachte.

»Dann nahm sich die Großmutter des Kindes an, so wie ich es bei Ki-Ki getan habe, oder eine Tante, oder eine Familie, die gut zu Kindern war. Alle Leute trugen für alle Waisen gemeinsam die Verantwortung, besonders der Häuptling und die Reichen, und oft waren die Waisen in Sachen Wohlstand und Ansehen besser dran, als wenn ihre Eltern noch lebten. Eine Familie kann durch nichts ersetzt werden, aber alle versuchten, ihr Bestes zu geben.«

Draußen wurde es sehr kühl, deshalb gingen wir ins Haus. Oma richtete sich in ihrem großen alten Schaukelstuhl ein, und ich stellte eine Schale Milch für die Katze auf den Boden. Wir füllten die Teetassen, machten uns hinter die Kuchen und die Kekse und plauderten zusammen. Die Mütter schauten nach den schlafenden Kindern, und nach einer Weile versammelten wir uns wieder um Oma. Einige saßen auf dem Boden, damit die Alten auf dem Klappbett und den Stühlen sitzen konnten.

»Als das Heer in Position gegangen war, haben die Anführer gepfiffen und gewartet. Sie haben sich in drei Gruppen aufgeteilt, so daß die Keestadores am Feuer umzingelt waren. Vor ihnen lag das Meer, zur Linken, zur Rechten und hinter ihnen waren wütende Leute, und in der Mitte war das Feuer, das sie blendete.

Und die Schwimmerinnen? Nun, die hatten die Habichtspfiffe gehört, worauf sie mit den glühenden Kohlen das Öl und das Pech am Holzschiff entzündeten, einige verbrannten sich dabei, weil sie es besonders gut machen wollten, dann begann das Zeug am Schiff zu brennen, und sie schwammen zu ihren Einbäumen. Die Keestadores schrien, ein paar von ihnen begannen zu schießen, und eine der schwimmenden Frauen gab ein seltsames Geräusch von sich und ging unter. Sie war die erste, die getötet wurde. Die meisten von euch hier sind mit ihr oder mit ihrer Schwester verwandt. Sie hatte zwei Töchter, die nachher bei ihrer Mutter lebten, ihre Schwester hatte eine große Familie, die Kinder wuchsen auf und verheirateten sich und hatten Kinder, die wiederum Kinder hatten, und diese waren schon alt, als ich ein kleines Mädchen war.

Die Kämpfer in den Einbäumen warfen Speere mit brennenden Spitzen, mit Öl gefüllte Robbenblasen oder Walharpunen, an denen brennende Baumrinden befestigt waren. Die Blasen schlugen auf dem Deck auf, das flüssige Öl spritzte heraus und wurde von den Lanzen und den Harpunen in Brand gesteckt. Ein paar Jungs hatten Schießpulver gestohlen und durch Sand ersetzt, damit die Keestadores nichts merkten. Das Schießpulver füllten sie in geschnitzte Rasseln, die aussahen wie hölzerne Eier mit Handgriff. Die zwei Hälften wurden von starken Schnüren zusammengehalten, daraus schaute ein in Öl oder Fett getauchter Stoffetzen hervor, und sie hatten auch Nägel und scharfkantige Muscheln reingetan. Sie schleuderten die Rasseln an Deck, ein paar sind nicht losgegangen, aber der Rest machte einen höllischen Krach und richtete eine Riesenschweinerei an.

Am Strand schrien und rannten sie herum. Sie sahen, daß ihr Schiff brannte, aber die Einbäume konnten sie nicht sehen. Dann fiel das Heer über sie her, es war schrecklich. Einfach schrecklich.

Einige der Keestadores am Strand rannten zu ihren Ruderbooten, entweder um den Kämpfen am Strand zu entrinnen oder um denen auf dem brennenden Schiff zu helfen. Aber sie wurden niedergemacht, bevor sie überhaupt dazu kamen, die Dinger ins Wasser zu schieben.

Draußen auf dem Schiff gelang es ihnen, ein paar Boote ins Wasser zu lassen, aber sie hatten keine Chance gegen die Einbäume. Sie waren im Nu versenkt, und die Spanier in den Booten waren tot.

Die Pferde brachen aus und rannten umher, warfen Leute um, zertrampelten sie und töteten sowohl Keestadores wie auch die unsrigen. Dann rannte eines der Pferde ins Gebüsch, die anderen folgten ihm, und von da an gab es hier lange Zeit wilde Pferde, von denen wir manchmal eins gefangen haben. Sie gaben auch gutes Fleisch ab.

Keulen sausten herunter, Schwerter blitzten, Menschen schrien, und überall war Blut. Die Priester sparten wir uns bis zuletzt auf, wir ließen ihnen Zeit zum Beten, dann schlugen wir ihnen die Köpfe ein.

Wir konnten nicht alle unsere Toten zu Hause begraben. Deshalb machten wir am Strand für diejenigen, die das Meer verschluckt oder weggespült hatte, eine Zeremonie. Wenn eine Seele in Sünde stirbt, oder wenn sie nicht gerächt wird, kommt sie nicht zur Ruhe, sie bleibt am Ort und spukt herum. Was im Leben böse war, bleibt auch danach böse, deshalb mußten wir einige unserer Toten, die im Leben gut und stark waren, zurücklassen, damit sie die Geister der Keestadores bewachen konnten. Seit dreihundert Jahren kann man sie manchmal in der Nacht am Strand kämpfen sehen, und es gibt Leute, die am Chesterman-Strand nicht schlafen können, weil ein Teil ihrer Vergangenheit immer noch dort kämpft. Andere können dort keinen klaren Gedanken fassen, und wiederum andere fühlen sich dort richtig traurig, ohne den Grund dafür zu kennen.

Als wir zu Hause waren, war noch nicht alles ausgestanden. Die Schwestern, die die Wachen hereingelegt hatten, haben von vornherein gewußt, daß sie sich der fauligen Krankheit ausliefern würden. Wir konnten nichts gegen die Krankheit tun, und das wußten sie auch.

Sie gingen in das Haus in der Nähe des Wartehauses und beteten. Ihre Haut war noch immer mit dem Blut der Keestadores befleckt. Die Leute besuchten sie, aber niemand rührte sie an. Wir lächelten uns zu, sangen und verbrachten die Zeit zusammen, aber wir berührten sie nicht. Und wir spürten die Anwesenheit von Alte Frau. Die Älteste rührte etwas von dem Suppenpulver aus dem roten Zeug an, die Schwestern tranken davon und begannen, die Wirkung zu spüren. Sie lachten und machten ein paar üble Witze, dann legten sie sich auf ihre Betten und tranken noch mehr. Die Leute sprachen weiter, sangen und erzählten Geschichten, und die Schwestern wurden verträumter und tranken noch mehr davon. Bald wußten wir, daß sie woanders waren, da, wo die hellen Farben sind, die neue Musik und die angenehmen Melodien. Dann gingen sie hinüber, fast gleichzeitig, und ließen ihr Fleisch auf ihren Betten zurück.

Einige von uns haben fürchterlich geweint. Aus diesen Schwestern sollten Erinnerinnen, Lehrerinnen und Mütter werden, und sie sollten ein langes Leben haben. Sie waren die Besten von uns, und jetzt waren sie tot. Eine wurde am Strand durch einen Schlag auf den Hinterkopf getötet, die anderen starben durch die roten Flecken.

Damit wir sie nicht berühren mußten, trugen wir sie in ihren Betten zum Strand. Wir schichteten Zedernholzstämme und anderes Zeug auf und zündeten sie an, und ihre Kleider und den Schmuck gaben wir ihnen mit. Die am Strand Getötete wurde zurückgebracht und ebenfalls verbrannt, aber ein Teil ihrer Seele ist auf dem Strand zurückgeblieben. Wir haben das Feuer Tag und Nacht brennen lassen, und am Morgen des vierten Tages ließen wir es ausgehen. Als die Sonne am Abend unterging, nahmen wir Körbe, füllten sie mit der Asche und trugen sie zum Meer, wo wir die Asche verteilten, wir gingen mehrmals hin und her und hörten mit Beten, Singen und Sprechen nicht auf, bis die ganze Asche verteilt war.

Noch heute erinnern wir uns ihrer Namen.«

Oma saß in ihrem Stuhl und starrte ins Leere. Wir erhoben uns und ließen sie mit der Vergangenheit und den Schwestern, deren Namen nur denjenigen im Frauenbund bekannt sind, allein.

Die verlorene Goldmine

Schon den ganzen Tag über war es neblig und trüb, die Sicht auf die steilen Hänge von Old Catface war verdeckt, der Nebel wurde so dicht, daß man die Umrisse unseres Nachbarhauses kaum mehr sehen konnte. Kurz vor dem Abendessen kam dann ein tüchtiger Wind auf, der Nebel wurde weggeblasen, und der Regen prasselte auf uns nieder. Er fiel fast waagrecht und es klang, als ob jemand Sand gegen die Fenster werfen würde, er sickerte sogar unter den Türen und Fensterrahmen hindurch. Der heulende Wind versuchte, die Zedernstämme vom Dach zu reißen und sie in den Wald zurückzubefördern, wo sie während zweihundert Jahren gestanden hatten.

Der Radioempfang war gleich null, nur ein Pfeifen und Brummen. Nach und nach trudelten die Leute bei uns ein, um uns einen Besuch abzustatten; sie brachten ein paar Teebeutel oder etwas Kaffee mit, oder einige Plätzchen, oder frisch gebackenes Brot. Wir saßen eine Weile herum, spielten Karten und redeten, einige strickten oder schnitzten oder machten das, was sie in ruhigen Zeiten eben zu tun pflegten.

Oma arbeitete an einem Zedernkorb, der Wasserkübel stand bei ihren Füßen auf dem Boden, darin hatte sie die Zedernzweige eingeweicht, damit sie biegsam blieben. Ihre alten Hände waren runzlig, die Gelenke waren geschwollen und knotig, aber ihre Körbe waren immer noch die schönsten an der ganzen Küste. Sie sind kunstvoll, dicht und gleichmäßig, und die Muster sind klar und raffiniert.

Sie begann ihre Geschichte, ohne irgend jemanden anzusehen, ihre Augen waren auf ihre Arbeit gerichtet, und sie ließ die Worte sanft in die Stille gleiten. Wir waren nicht verpflichtet zuzuhören, sie wollte uns nicht belehren. Sie erzählte einfach eine Geschichte, und wer wollte, konnte zuhören. Fremde fühlen sich manchmal etwas unwohl, wenn sie mit meiner Oma sprechen, weil sie sie nicht immer direkt anschaut. Wenn Oma dich anschaut, fixiert sie dich mit ihren dunklen, schwarzen Augen, bis du das Gefühl hast, sie würde direkt in deinen Kopf hineinschauen. Dies wird oft als unhöflich empfunden, man fühlt sich in seiner Privatsphäre gestört. Manchmal empfinden wir es ja sogar als unhöflich, wenn uns jemand anstarrt. Oma sieht einen auch nicht immer an, wenn man mit ihr spricht. Auswärtige meinen deshalb manchmal, sie hätte nicht verstanden, aber es kommt selten vor, daß ihr etwas entgeht. Es liegt einfach daran, daß sie mit den Ohren hört, nicht mit den Augen, deshalb braucht sie beim Zuhören niemanden anzuschauen. Sie sieht woanders hin, beobachtet ihre Hände oder sitzt nickend am Boden, hört zu und gibt einem alle Freiheit, die man braucht, um die richtigen Worte zu finden und sich auszudrücken.

Wir setzten uns hin, wo es uns am bequemsten war – sollte der Wind ruhig ums Dach pfeifen und an der Türe rütteln. Ab und zu stand jemand leise auf, um ein Stück Erlenholz in den großen, schwarzen Ofen mit den abgenutzten Verzierungen zu legen. Bei warmem Wetter kochen wir auf einem Gasherd – das Frachtboot bringt uns regelmäßig volle Gasflaschen, und wir brauchen keine Angst zu haben, daß uns das Gas ausgehen könnte. Aber wenn es kalt oder feucht ist, also den ganzen Winter über und zum Teil auch im Herbst, machen wir im Holzofen Feuer an. Wir haben immer viel Erlenholz, das uns als Brennstoff dient.

Das Knistern des Feuers verbreitete eine friedliche Stimmung, es begleitete Oma beim Flechten ihres Korbes und ihrer Geschichte, die wohl nie in die Geschichtsbücher der Schulen eingehen wird. Die Geschichte überlebte nur, weil sie von anderen Leuten auswendig gelernt wurde, bevor meine Oma zur Welt kam, und weil diese Leute sie den jungen Schülerinnen jeweils weitererzählt haben.

»Fast zur gleichen Zeit, wie die Leute an der oberen Küste Bekanntschaft mit den Keestadores machten, lernten sie auch die von der unteren Küste kennen.

Gewisse Leute sagen, wir Nootka seien dickköpfig und kriegslüstern, aber die sind nur eifersüchtig auf uns, und ihre Meinung spielt sowieso keine große Rolle. Wir sind die Sänger, die Kwagewlth sind die Schnitzer, und die Salish sind die Politiker. Und die Cowichan sind die Philosophen, sehr nette Leute, meistens jedenfalls. Sie können zwei, drei oder alle Seiten eines Problems gleichzeitig betrachten. Sie sind immer dazu bereit, mit andern Menschen zu lernen und Ideen und Geschichten auszutauschen. Sie genießen den Ruf, die poetischste Sprache an der Küste zu haben, aber ich kann das nicht beurteilen, weil ich sie selbst nicht spreche und sie auch nicht verstehe.

Vielleicht lag es daran, daß die Cowichan so nette Leute sind, oder vielleicht lag es einfach daran, daß Gold diese Wirkung auf die Menschen hat. Wir hatten eine Menge Gold hier, aber wir sprachen nie darüber –

nicht weil wir es geheimhalten wollten, sondern weil es für uns nicht von Nutzen war. Es ist zu weich, um Klingen daraus zu machen, und es gab mehr davon als vom Kupfer, deshalb war Kupfer für uns das edle Metall, und wir machten Schmuck und Verzierungen daraus. Vielleicht dachten die Cowichan, die Keestadores könnten etwas mit dem Zeug anfangen, weil sie offenbar eine Menge über Metalle wußten, und so haben sie es ihnen gezeigt und sie gefragt, wozu es gut sei. Ich frage mich, wozu es gut ist, immer so neugierig zu sein, auf jeden Fall standen die Cowichan im Handumdrehen vor der Wahl, entweder als Sklaven in einer Goldmine zu schuften oder durch ein spanisches Schwert zu sterben.

Die Keestadores sprengten ein großes Loch in den Berg und trieben die Menschen mit Peitschen und Schlägen dazu an, Steine und Gold zu schleppen. Männer und Frauen, alle, bis auf die ganz kleinen Kinder und die ganz Alten, mußten arbeiten, und diejenigen, die nicht arbeiteten, wurden in der Mitte des Dorfes eingepfercht und als Geiseln gehalten. Beim kleinsten Fehler wurden sie geschlagen, und die Geiseln wurden mißbraucht. Ein Mensch mag es ertragen, selbst geschlagen zu werden, aber wenn man weiß, daß die eigene Schwester oder ein kleines Kind geschlagen wird, wenn man nicht gehorcht, dann überlegt man es sich zweimal, ob man etwas unternehmen will.

Ein paar Leute versuchten zu fliehen, um andere Stämme zu benachrichtigen. Darauf geschah etwas Schreckliches, und die Kleinen und die Alten litten so sehr, daß alle zur Einsicht kamen, es würde sich nicht lohnen. Also lief alles genau so, wie es sich die Keestadores vorstellten.

Es gab ein Mädchen, das bei den Tse-Shaht gelebt und dort gelernt hatte, wie die Frauen Kinder kriegen. Sie war auf dem Heimweg und sah die Schweinerei, die sich am Hügel abspielte. Sie hatte kein gutes Gefühl, und die Cowichan achten auf ihre Gefühle, deshalb ruderte sie mit einem Einbaum in eine kleine Bucht, wo sie sich für eine Weile versteckte. Als sie sich näher heranschlich, sah sie, wie die Leute von den Keestadores mit der Peitsche den Pfad zum Schlamassel hinaufgetrieben wurden, und sie sah, wie erschöpft sie zurückkamen. Sie ging zur Bucht zurück, und ihr Gefühl ließ sie umkehren und schnell die Küste hinauffahren.

Die Tse-Shaht hatten gerade von den zwei kleinen Mädchen gehört, und alle glaubten dem, was sie zu erzählen hatte. Als die Sache am Chesterman-Strand vorüber war und die heiligen Schwestern geehrt waren, machte sich die ganze Flotte Richtung Süden auf.

Unterwegs schlossen sich weitere Gruppen und Stämme an. Schnelle Robbenfängerboote mit zwei oder vier Ruderern fuhren voraus. Sie sagten den Leuten, die Flotte sei nicht darauf aus, sie anzugreifen oder in fremde Fischereigebiete einzudringen. Sobald sie begriffen hatten, worum es ging, schlossen sich die Leute der Flotte an – entweder, weil sie die Cowichan mochten, oder weil sie Angst hatten, als nächste dranzukommen. Ich glaube, ein paar machten auch einfach deshalb mit, weil sie Lust aufs Kämpfen hatten.

Auf halber Strecke kamen die Robbenfängerboote mit der Meldung zurück, ein Schiff der Keestadores komme die Küste rauf, deshalb ging die Flotte in Dekkung, und die Leute berieten lange darüber, ob man sie jetzt schnappen wolle oder erst später. Zunächst waren alle sehr heiß drauf, gleich anzugreifen, aber dann überlegten sie sich, daß es bestimmt einigen Lärm und Verletzte und Tote geben würde. Dabei brauchten sie doch jeden Kämpfer, schließlich ging es darum, die Cowichan zu befreien. Deshalb hielten sie sich zurück, ließen die große Galeone vorbeiziehen und machten Pläne für später.

Einen halben Tagesmarsch vom Dorf entfernt versteckten sie die Einbäume erneut. Sie schlichen heran und beobachteten. Sie sahen, wie die Cowichan den Bergpfad hinaufgetrieben wurden, und sie sahen diejenigen, die erschöpft zurückgebracht wurden, einige hatten Striemen von den Peitschen auf dem Körper. Sie planten, überlegten, beteten und warteten.

In jener Nacht versteckten sie sich auf beiden Seiten des Pfads, der zum Schlamassel hinaufführte. Als die Cowichan am Morgen hinaufgetrieben wurden, waren alle Kämpfer bereit. Ein Offizier der Keestadores ging voraus, weitere Keestadores bewachten die Kolonne seitlich, und ein Offizier ging am Schluß. Immer nach fünf, sechs oder vielleicht auch zehn Cowichan kam ein Keestador, der sie mit der Peitsche schlug, dann kamen wieder Cowichans, dann wieder Spanier und so weiter, bis ans Ende der Kolonne.

Als der ganze Trupp an der Frau am Fuß des Hügels vorbei war, kam sie sehr leise hervor. Sie wußte, daß es wegen des Helms keinen Sinn hatte, auf den Kopf loszugehen, und der Rücken und die Brust waren durch die Rüstung geschützt, deshalb packte sie den Offizier einfach am bärtigen Kinn, hob seinen Kopf und schlitzte ihm den Hals auf, bevor er überhaupt einen Mucks machen, geschweige denn schreien konnte.

Natürlich haben die Cowichan nicht Alarm geschlagen. Sie gingen einfach weiter und taten so, als sei nichts geschehen. Sie sorgten dafür, daß die Frau nicht gesehen wurde, als sie die Rüstung des Keestadors anzog und seinen Platz einnahm. Wenn sich der Offizier an der Spitze umgedreht hätte, hätte er wie immer nur den metallenen Hut gesehen, der in der frühen Morgensonne glänzte.

Dem nächsten Spanier vor ihr wurde die gleiche Behandlung zuteil, als eine andere Kämpferin sehr leise aus dem Gebüsch hervorkam. Von hinten nach vorne schlitzten sie allen Spaniern in der Kolonne den Hals auf und zogen sich die Rüstungen über. Als sich der Offizier an der Spitze umsah, schien alles in Ordnung zu sein – bis zu dem Moment, als sein eigener Bart gepackt wurde und er sein Blut hervorspritzen sah.

Die Cowichan wußten, wo er seinen Schlüssel versteckte und wie man damit die Ketten, mit denen sie gefesselt waren, aufschloß. Sie lösten sie aber nicht ganz, denn sie wollten oben so unauffällig wie möglich ankommen. Von den verbündeten Kämpfern bekamen sie Messer und so weiter, und als sie oben bei der Sauerei ankamen, hielten sie die Köpfe wie immer gesenkt und blickten zu Boden. Die spanischen Wächter gingen, um die erschöpften Arbeiter gegen frische auszuwechseln, dann ging alles sehr schnell. Die Spanier waren tot, und ihre Leichen wurden in das Loch im Hügel geworfen.

Die übrigen Cowichan wurden von den Fesseln befreit, die Schwerter und Rüstungen der Spanier wurden verteilt, und alle marschierten den Weg fast bis zum Dorf zurück. Dort hielten sie an, um sich so zu formieren, als seien sie eine Gruppe gefangener Cowichan. Sie waren in Ketten, aber die waren nicht verschlossen, und alle hatten ein Messer und eine Menge Gründe, es zu gebrauchen.

Einer der Cowichan-Häuptlinge schlich vorsichtig zu seinem Haus, um die Kriegskeule seiner Familie zu holen. Er hatte sie vom ältesten Onkel mütterlicherseits erhalten, der hatte sie auch vom ältesten Onkel mütterlicherseits, sie war etwas, das jeder Kämpfer begehrte. Sie war so lang wie der Arm eines großen Mannes, sie war so schwer, daß sie nur von den stärksten Männern getragen werden konnte, und sie sah gefährlich aus. Sie war aus der Wurzel eines alten Erdbeerbaums gemacht, an ihrem Ende befand sich ein großer Stein, der von der Wurzel umwachsen worden war, hundert Jahre bevor der Baum von einem Bach unterspült wurde, worauf er umkippte und die Wurzel aus der Erde riß. Der Stein war so groß wie zwei Fäuste, und drumherum waren Walfischzähne und Teile von Walroß-Stoßzähnen ins Holz gesteckt worden, so daß die Keule gleichzeitig quetschte, dolchte und schnitt. Wenn sie geschwungen wurde, pfiff der Wind zwischen dem Stein und dem Holz, zwischen den Walzähnen und den Stoßzähnen hindurch, und sie schrie so, wie es die Adler manchmal tun.

Die verbündeten Kämpfer und die befreiten Cowichan standen mitten im Dorf, als der Cowichan-Häuptling aus seinem Haus kam. Er hielt die Keule hoch und schwang sie herum, und sie schrie für ihn. Dann stieß er den fürchterlichsten Schrei aus, den sie je gehört hatten. Damit war der Kampf eröffnet, es war Zeit, loszuschlagen.

Einige Keestadores versuchten, ihr Boot flottzumachen, aber es braucht seine Zeit, um die Segel hochzuziehen, und sie hatten nicht genug Leute für all die Ruder, die seitlich aus dem Schiff ins Wasser ragten. Sie versuchten, mit den großen Gewehren zu schießen, aber die Einbäume waren schon zu nahe dran. Einige Kämpfer waren mit ihren Einbäumen zurückgeblieben und hinter einem Vorsprung in Deckung gegangen, wo sie warteten. Als das Geschrei und der Kampf losgingen, kam die Kriegsflotte mit Volldampf an, jeder Ruderer schwitzte und versuchte, genau im Rhythmus zu bleiben. Sie kamen so nahe an die großen Holzschiffe heran, daß die Spanier ihre Kanonen nicht weit genug nach unten richten konnten, sie feuerten über die Köpfe der Kämpfer hinweg ins Meer. Die Feuerlanzen zerstörten die Segel, dann machten sie Seile aus Zedernrinde am großen Boot fest, steuerten es auf die Felsen zu, und das Meer erledigte den Rest.

Die Matrosen und die Keestadores versuchten, zum Holzschiff zu schwimmen, aber sie hatten keine Chance. Einer nach dem andern wurde von den Einbäumen eingeholt, und der Steuermann oder die Steuerfrau brauchte sich nur vorzubeugen, um ihnen den Kopf einzuschlagen oder sie mit einer Walharpune zu durchbohren. Sie brachten die toten Keestadores zur Mine und warfen sie hinein, dann ließen sie die Priester hinein, damit sie für die Toten beteten. Während die Schwarzröcke beteten, ließen die Verbündeten den Hügel über dem Loch mit Hilfe des Keestadoren-Pulvers einstürzen, und alle wurden zusammen mit dem von ihnen so heißbegehrten Gold begraben.

Aber dann sahen sie, wie aufgewühlt die Erde dort aussah, jeder hätte sehr schnell drauf kommen können, daß dort etwas los war, und es war leicht zu erraten, was es war. Deshalb kamen sie auf die Idee, die Beweise zu verstecken und gleichzeitig das andere Boot der Keestadores zu versenken, und sie zündeten die Büsche an.

Dies verärgerte einige heilige Menschen, denn Zedern und Hemlocktannen sind heilig, Erdbeerbäume sind gesegnet, Balsam ist auch heilig, und Zerstörung ist Sünde. Aber wenn Menschen viel Blut gerochen haben, geht in ihren Köpfen Seltsames vor, und so setzten sie die Büsche in Brand.

Zwischen der Sprengung, mit der die Mine zugedeckt wurde, und dem Entzünden des Buschfeuers kam das andere spanische Boot eilends zurück. Vom Boot aus muß es ausgesehen haben, als ob die Keestadores die Cowichan dazu antrieben, das Feuer mit Wasser und anderem Zeug zu löschen. Sie konnten das andere Boot sehen, das auf den Felsen festsaß, und sie wollten natürlich zu Hilfe eilen. Weil ihre Aufmerksamkeit in zwei falsche Richtungen gelenkt wurde, bemerkten sie die Einbaum-Flotte nicht, bis sie so nahe war, daß die großen Gewehre einmal mehr nichts ausrichten konnten.

Das zweite große Schiff war nicht so leicht zu kriegen, weil die Segel schon gesetzt waren, aber sie warfen Blasen mit Öl durch die Löcher, aus denen die Ruder herausragten, sie schossen Feuerpfeile und Feuerlanzen aufs Schiff und entfachten ein paar kleine Feuer. Diesmal wurden einige Einbäume versenkt, das große Holzschiff fuhr einfach über sie hinweg, zermalmte das Zedernholz, zerquetschte die Frauen und Männer, und sie ertranken. Es waren viele Kämpfer in vielen Einbäumen, die Feuer breiteten sich aus, und die Segel fingen Feuer, das Schiff hatte keine große Bewegungsfreiheit in der Bucht, und der aufsteigende Rauch ließ kaum erkennen, was eigentlich geschah. Schließlich lief alles wie zuvor, das Boot brannte, die Leute versuchten sich schwimmend in Sicherheit zu bringen, fanden aber keinen sicheren Ort, und das Wasser war rot vom Blut.

Sie hörten die Gesänge der näherkommenden Ruderer, dann sahen sie überhaupt nichts mehr, und alle starben.

Bevor jemand ans Feiern denken konnte, hatte der Wind gedreht. Die Cowichan und die Verbündeten mußten schauen, daß sie wegkamen, wenn sie nicht brennen wollten wie der Busch, den sie zuvor angezündet hatten. Sie paddelten Richtung Norden, und es war, als wollte der Busch sich rächen. Das Feuer türmte sich auf und jagte hinter ihnen her, es wurde vom Wind angefacht und sprang schneller von Baumwipfel zu Baumwipfel, als ein guter Läufer rennen kann. Die Hitze war so groß, daß die kleinen Seen kochten wie Töpfe auf dem Kochherd, und wer sich in ihnen in Sicherheit bringen wollte, starb im heißen Wasser und an Atemnot.

Als alles vorbei war, war ein Drittel der Insel niedergebrannt, viele Menschen waren tot oder obdachlos, und unschuldige Tiere, die mit all dem nichts zu tun hatten, waren für immer verloren.«

Sie legte ihre Korbarbeit beiseite, stand vom Sofa auf und ging ins Badezimmer. Wir machten eine Kanne Tee und warteten darauf, daß sie wiederkäme, um uns noch mehr zu erzählen. Als sie schließlich aus dem Badezimmer kam, schaute sie uns nicht an und sagte kein Wort. Sie ging direkt in ihr Schlafzimmer und schloß die Tür. Wir tranken unseren Tee aus, spülten die Tassen und stellten sie zum Trocknen hin. Dann gingen alle andern nach Hause, und ich ging zu Bett, um dem Heulen des Windes und Klatschen des Regens zuzuhören und um darüber nachzudenken, wie es wohl damals gewesen sein mag, lange bevor die Oma meiner Oma geboren wurde.

Klin Otto

Wir saßen an Deck von Mabel Joes Fischerboot und lehnten uns gegen alles und jedes, wogegen man sich lehnen kann. Die Sommersonne schien fast zu warm auf unsere Gesichter, der Wind blies durch unser Haar und zog sanft an unseren Kleidern. Trina, das kleine Mädchen von Shaula, rekelte sich auf einer Decke und schlief im Schatten von Big Bills Hemd. Es war ein Hawaiihemd mit hellgrünen Palmen vor einem rot und gelb gefärbten Himmel, das über ihr wogte und flatterte. Peter, Big Bills Sohn, hatte ihm das Hemd im St.Vincent de Paul-Warenhaus in Vancouver gekauft, als er mit seinen Kaninchen an der Pazifik-Ausstellung sämtliche Preise abräumte. Für mich war es das häßlichste Hemd aller Zeiten, aber Big Bill trug es bei jeder Gelegenheit. Alice neckt ihn manchmal und sagt, er würde sicher auch noch damit zu Bett gehen. Er lacht immer nur, legt seinen Arm um Alice, drückt sie an sich und sagt dann: »Also wenn das stimmt, dann bist du ja die einzige, die darüber Bescheid wissen kann.« Dann lächeln sie sich verschmitzt an, und alle, die zusehen, lachen auch, weil die beiden so glücklich sind.

Meine Oma saß auf der Fischkiste und ließ die Beine baumeln wie ein kleines Kind, das auf einem zu großen Stuhl sitzt. Mit einem Fuß klopfte sie rhythmisch gegen die Kiste, ihr Gesicht war sanft, die Augen träumerisch, die Lippen bewegten sich und sagten etwas, das nur sie verstehen konnte.

Das leise, stetige Geräusch der Maschine durchdrang die Gesprächsfetzen wie eine Melodie im Radio, der niemand zuhört, die beiden Schiffsschrauben wirbelten das blaue Wasser hinter uns auf und ließen eine weiße Spur zurück, die wie ein Pfad bis ins Dorf zurückreichte.

Oma begann zu singen. Es war ein altes Lied aus der Zeit vor den Fischerbooten und den Motoren, vor den Kompassen und den gedruckten Seekarten, bevor die Fremden aus dem Nebel auftauchten und die Dinge sich zu ändern begannen. Wir hörten zu, und wer die Nootka-Worte verstand, konnte die Namen von Orten heraushören, die wir nie gesehen hatten, die wir nicht einmal vom Hörensagen kannten. Es waren Namen von Buchten, Landzungen und Sternbildern, von Flüssen, Stränden und Fjorden. Wir saßen auf dem Schiff, und alle schwiegen. Ich fühlte, wie ich trotz des warmen Wetters an Armen und Beinen eine Gänsehaut bekam. Dann hörte Oma auf zu singen und begann zu sprechen. Ihre Stimme war wie gekräuseltes Wasser, und ihre Augen fixierten etwas, das nur sie sehen konnte.

»Sie waren hellhäutige Menschen mit übernatürlichen Kräften, und sie hatten die Fähigkeit zu schweben«, sagte sie in ihrer eigenen Sprache. »Sie brachten uns die Zeremonien der Absolution und der ekstatischen Offenbarung.«

Dann lächelte sie und richtete ihren Blick auf ein paar der Jungen, die ihre Sprache nicht verstanden. Sie sprach in Englisch weiter, wobei etwas von dem ›gekräuselten Wasser‹ aus ihrer Stimme verschwand.

»Kupferfrau lebte allein, als die magischen Menschen vom Himmel kamen. Sie kamen auf dem Pfad herunter, den die Sonne auf das Wasser zeichnet. Sie fuhren in einem Einbaum, wie ihn niemand von uns je gesehen hatte. Sie stiegen aus, aber ihre Füße berührten den Boden nicht. Wie Flaum schwebten sie zu der Stelle, wo Kupferfrau stand, die sie anstarrte und vor Angst fast bebte. Dann landeten sie sanft und leise auf dem Boden.

Sie war schon lange allein und einsam gewesen, und sie hatte vergessen, daß es noch andere Arten des Seins gab. Aber sie erinnerte sich an das, was sie wußte, und sie versuchte, innerlich stark zu bleiben.

Sie zeigte den magischen Frauen das Haus, das sie aus Steinen und Balken gebaut hatte; es lag nahe an einem Bach, durch den die Fische zu den Teichen hinaufschwammen, wo sie laichten. Sie kochte den Frauen ein Essen. Sie wunderte sich nicht einmal darüber, daß sie ihre Sprache verstanden.

Sie blieben bei Kupferfrau, sie aßen, fischten, schwammen und tanzten mit ihr und lehrten sie Dinge, die sie wissen mußte.«

Oma fing wieder an zu singen, aber ich wußte nicht, wie ich die Worte deuten sollte, obwohl ich das Lied schon einmal gehört hatte.

»Sie sagte ihnen, sie hätte nicht einmal daran denken können, zu dem Ort zurückzukehren, wo ihr Zuhause war, weil die Sterne hier anders angeordnet seien. Darauf brachten sie ihr ein Lied und einen Rhythmus bei und sagten ihr, dieser Ort sei jetzt ihr Zuhause. Sie sagten ihr, sie werde sich nie mehr verirren und fuhren mit ihr im Einbaum, der aus einem lebenden Baum gemacht war, und machten sie mit ihrer Magie vertraut. Sie machten sie mit Klin Otto bekannt.

Klin Otto ist ein Fluß im Ozean, ein Salzwasserstrom, der an einem ganz besonderen Ort vor einer kalifornischen Bucht beginnt und der bis zu einer bestimmten Insel der Aleuten fließt. Klin Otto ändert ihre Geschwindigkeit nie, auch ihre Richtung nicht, sie ist immer dort, jetzt und bis in alle Ewigkeit. Die Lebensspanne einer Frau beträgt 80 Jahre; 187½ Lebensspannen sind vergangen, seitdem Kupferfrau mit Klin Otto bekannt gemacht wurde. Nun wißt ihr, daß Kupferfrau, die zu dieser Zeit schon erwachsen war, über 15 000 Jahre alt ist.«

Sie sang weiter, wir hörten zu, das Baby schlief mit dem Zeigefinger im Mund, und die albernen Tölpel purzelten übereinander, um vom Fischerboot wegzukommen.

»Alles, was wir über die Bewegung des Meeres wissen, wurde in den Versen eines Liedes festgehalten. Während Tausenden von Jahren gingen wir, wohin wir wollten, und dank des Liedes sind wir immer sicher nach Hause zurückgekehrt. In klaren Nächten hatten wir die Sterne, die uns leiteten, und im Nebel hatten wir die Ströme und Bäche im Meer. Es sind die Ströme und Bäche, aus denen Klin Otto besteht.

Die Steuerfrau stand vorne im Einbaum und schlug mit ihrem Stab den Takt des Liedes gegen den geschnitzten Bug, die Ruderinnen ruderten im Rhythmus, alle zusammen auf der gleichen Seite. Dann wechselten alle gleichzeitig die Seite, die Paddel blieben während eines Schlags in der Luft und stachen dann auf der andern Seite ins Wasser, alle gleichzeitig, alle ruderten, und die Steuerfrau sang. Sie kannte ihre Position immer genau, sogar im Nebel und im Regen, wenn die Sterne nicht zu sehen waren. Sie hatte ein Seil aus besonders gewobenen und geflochtenen Sehnen, und darin waren in regelmäßigen Abständen Knoten eingeflochten. Das Seil war an einer aufgeblasenen Robbenblase befestigt, deren Größe und Gewicht genau festgelegt war. Die Ruderinnen hörten auf zu rudern, der Einbaum fuhr mit der Geschwindigkeit der Strömung, und die Steuerfrau, die immer noch sang, wartete eine bestimmte Zeile des Liedes ab, warf dann die Blase ins Meer und zählte die Knoten, die durch ihre Finger glitten. Daraus konnte sie ablesen, wie schnell der Einbaum vorwärtskam.

Sobald sie die Geschwindigkeit der Strömung kannte und wußte, wie schnell die Ruderinnen gerudert hatten wußte sie anhand der Liedzeile, die sie gerade sang, wo sie war.

Es gab ein Lied, um nach China zu fahren, und ein Lied für Japan, ein Lied für die große Insel und eines für die kleinere. Sie mußte nur das Lied kennen, und sie wußte, wo sie war. Auf der Rückfahrt sang sie das Lied einfach von hinten nach vorne.

Die Worte der Lieder, die Worte der Läuterungszeremonien und die Bedeutung der Gesänge war alles, was sie wissen mußte, um irgendwohin zu reisen. Die Lieder fanden auch die Wale, die als Nahrung dienten, und sie brachten die Walfänger heim.

Eine Frau hätte nie einen Wal getötet. Wale gebären lebende Junge, sie legen keine Eier wie die Fische. Sie ernähren ihre Säuglinge mit der Milch aus ihren Brüsten, wie die Frauen, und wir haben sie nie getötet. Der Mann, der den Wal tötete, aß vom ersten Töten an nie Walfleisch, bis er sich vom Walfang zurückzog. Auch seine Frau nicht, denn er mußte rein bleiben, die Verbindung zum Wal durfte nicht abbrechen, und diese Verbindung wurde durch seine Frau aufrechterhalten, durch ihr Blut und ihre Milch. Dies war ein Versprechen, das Kupferfrau durch die magischen Frauen gegenüber den Walen abgegeben hatte. Niemand, der mit ihnen verbunden ist, soll sich von ihnen ernähren. Es ist ein Versprechen.

Nur bestimmte Frauen konnten Walfänger heiraten, und Walfänger konnten nur bestimmte Frauen heiraten, und zwischen ihnen mußte ein Bündnis bestehen, das tiefer ging als das Bündnis zwischen Mann und Frau, es ging über Fleischeslust und Wärme hinaus, es mußte ein Bündnis sein zwischen Seele und Geist. Wenn das Bündnis zerbrach, oder wenn das Vertrauen verraten wurde, dann kamen die Wale nicht, die Leute mußten ohne sie auskommen, und der Walfänger mußte sich läutern. Falls er dies nicht tat oder nicht tun konnte, war die Verbindung unterbrochen und er war als Walfänger erledigt.

Während einer gewissen Zeit vor dem Walfang berührten sie einander nicht wie Mann und Frau, wie Ehemann und Ehefrau. Sie sprachen bestimmte Gebete, aßen bestimmte Speisen und speicherten ihre Seelenkraft.

Dann gingen sie zum heiligen Süßwasserteich, wo sie sangen, tanzten und badeten und sich mit Hemlock und Tanne reinigten, sie schlugen ihre Haut, damit sich das Blut in ihren Adern rasch bewegte, und sie beteten.

Sobald die Frau spürte, daß ihre Energie anstieg, rannte sie so schnell sie konnte zum Salzwasserteich, saß bis zum Hals im Wasser, beobachtete das Meer und betete.

Der Mann blieb am Strand, er betete und richtete seine Seelenkraft auf die Frau, um ihr zu helfen, und sie sandte einen Teil ihrer selbst nach den Walen aus, worauf die Verbindung hergestellt wurde, sie entstand für ihn durch sie, dank dem Blut und der Milch.

Danach gingen sie ins Dorf zurück, der Mann machte sich zum Walfang auf, und während er weg war, blieb sie die ganze Zeit über im Bett, hielt die Verbindung aufrecht und aß nichts. Falls er getötet wurde, wußte sie es als erste, und manchmal kam es vor, daß auch sie starb. Nicht immer, aber manchmal.«

Omas Fuß hörte auf zu schlenkern, ihr Bein bewegte sich nicht mehr, und sie schaute zu uns auf.

»Wir sind fast da«, sagte sie lächelnd und hüpfte wie ein Kind von der Fischkiste herunter.

»Kennst du diese Lieder alle?« fragte Big Bill.

Oma schüttelte traurig den Kopf. »Die Seuche hat die Lieder getötet. So viele Menschen, so viele Lieder, Erzählungen, Seerouten und Geschichten sind gestorben. Ich kenne nur ein paar davon.«

Dann grinste sie und griff nach dem Picknick-Korb. »Aber diese Stelle hier finde ich immer!«

Steine

Wir gingen vor Anker und fuhren mit dem Schlauchboot an Land, wo wir es am sandigen Ufer in Sicherheit brachten. Weil die Zeit der Lachsbeeren und der Brombeeren war, aßen wir keine Venusmuscheln oder Austern, aber wir hatten Kartoffelsalat, Krabben, geräucherten Lachs und kaltes Bier mitgebracht, und wäre die Königin von England dabeigewesen, sie hätte sich den Wanst genauso vollgeschlagen und wäre genauso träge geworden wie wir.

Oma verhinderte, daß wir mit dem guten Essen und dem Bier im Bauch ein Verdauungsschläfchen machten. Mit Schmalztöpfen und Wasserkesseln wurden wir losgeschickt, um Brombeeren zu pflücken. Wenn Oma Marmelade macht, dann pflückst du, als ob du dein Leben lang keine Beere und keinen Strauch mehr zu Gesicht bekommen würdest. Oma pflückte selber auch, und manchmal war ihr Mund ebenso fleißig wie ihre alten, knorrigen Finger.

»Es gab Arbeiten, die einfach getan werden mußten«, erzählte sie Liniculla, dem kleinen Mädchen von Suzie. »Auch wir Kinder mußten helfen. Wir lernten, Körbe und Regenmäntel aus Zedernrinde oder aus einem dazu geeigneten Gras zu flechten, wir lernten, wie man unsere kleinen weißen Hunde kämmte, so daß wir die langen Haare spinnen und warme Westen daraus machen konnten. Mädchen und Jungen hatten eine Menge zu lernen. Täglich mußten wir unseren Körper fit halten, damit wir bereit waren, wenn aus dem Mädchen eine Frau wurde.

Schwimmen. Wir sind viel geschwommen, im Sommer wie im Winter. Manchmal wurde uns ein Seil um die Hüften gebunden, das an einem Balken befestigt war, und wir mußten schwimmen und schwimmen und schwimmen, ohne jemals vom Fleck zu kommen, einfach schwimmen, bis wir so müde waren, daß uns alles weh tat. Aber unsere Muskeln wurden stark, und unsere Körper wuchsen gerade. Wir sind auch gerannt. Es spielte keine Rolle, ob du schnell rennen konntest oder nicht, du ranntest barfuß den Strand rauf und runter, bis die Fußsohlen hart waren und es dir nichts mehr ausmachte, wenn du auf eine Muschel, ein Schneckenhaus oder einen kantigen Stecken tratst. Rauf und runter, rauf und runter, und als wir meinten, wir hätten den Dreh raus, mußten wir lernen zu rennen, ohne Sand aufzuwirbeln. Das mußt du gelegentlich versuchen. Sogar beim Gehen werfen die Füße Sand auf, und er wird vom Wind weggetragen. Nun, sie haben uns gezeigt, wie's geht. Immer und immer wieder haben sie es uns gezeigt. Und wir haben geübt. Gerade in dem Moment, als wir meinten, wir würden es nie schaffen und niemand könnte es jemals schaffen, rannte eine der Schwestern an uns vorbei, ihre Füße wirbelten keinen Sand auf, und wir mußten es erneut versuchen. Mein Rücken schmerzte manchmal vom vielen Üben. Aber eines Tages konnte ich gehen, ohne Sand aufzuwirbeln, einfach so.«

Oma lachte und blickte auf Liniculla hinunter, die sie anstarrte. Ihr weicher Mädchenmund war halb geöffnet, und die dunklen Augen schienen Omas Gesicht fast zu verschlingen.

»Dann fing alles von vorn an, denn ich mußte auch rennen können, ohne Sand aufzuwirbeln. Das mußtest du einfach können, sonst warst du keine Frau. Es ist nicht leicht, eine Frau zu werden. Es kommt nicht von selbst, oder weil sich dein Körper verändert. Eine Frau muß Ausdauer haben, eine Frau muß durchhalten können, und eine Frau muß allerlei Dinge wissen, die ihr nicht einfach in den Schoß fallen. Es gab immer einen Grund, warum wir bestimmte Dinge lernen mußten, und manchmal warst du schon längst eine Frau, bevor du selbst darauf gekommen bist, warum dies so war. Aber wenn du nichts gelernt hattest, konntest du nicht heiraten und Kinder haben, weil du einfach nicht bereit warst. Du wußtest nicht, was man wissen mußte, um es recht zu machen.

Als ich endlich über den Sand rennen konnte, ohne den ganzen Strand umzupflügen, mußte ich es rückwärts lernen. Versuch das mal. Denkst du, du hast ein gutes Gleichgewicht, weil du auf einem Zaun gehen kannst, ohne herunterzufallen? Dann versuch mal, rückwärts zu rennen und du wirst sehen, wieviel Gleichgewicht du hast.

Wir mußten auch im Wasser rennen. Zuerst nur bis zu den Knöcheln, dann tiefer und tiefer, bis die Oberschenkel halb im Wasser waren. Du mußtest so schnell rennen, wie du konntest und das Wasser von dir wegdrücken. Ki-Ki kann es, darum hat sie so schöne Beine.«

Sie warf mir einen schrägen Blick zu und fuhr dann fort.

»Natürlich bekommst du davon einen hervorstehenden Hintern, wie eine Kürbishälfte auf einem Brett, aber das sieht auch ganz hübsch aus.« Sie lachte wieder und leerte ihren mit Beeren gefüllten Schmalztopf in den größeren Wassereimer.

»Wenn du alles gelernt hattest, was du lernen mußtest, wenn die richtige Zeit gekommen war, wenn du deine erste Blutung hattest und du im Wartehaus warst, dann gab es eine Party. Alle wußten, daß du jetzt eine Frau warst, es kamen viele Leute aus anderen Dörfern, Onkel, Tanten, Cousins, Cousinen und Freunde, es wurde gesungen und getanzt, und es gab eine Menge zu essen. Dann setzten sie dich in einen ganz besonderen Einbaum, der ganz mit Daunen von Wasservögeln ausgekleidet war, du hast deine besten Kleider getragen und all deinen Kopfschmuck, und du warst sehr stolz und glücklich. Dann sangen sie ein besonderes Lied, die Alte Frau führte sie an, und sie fuhren mit dir eine gewisse Strecke. Sobald der Gesang zu Ende war, sang die Alte Frau ein spezielles Gebet und zog dir alle Kleider aus. Du bist ins Wasser gesprungen, und der Einbaum ging nach Hause, du warst ganz allein dort draußen im Wasser und mußtest zum Dorf zurückschwimmen.

Die Leute hielten nach dir Ausschau, sie machten am Strand Feuer, und wenn sie dich endlich sahen, begannen sie ein Siegeslied zu singen von einer, die als Mädchen schwimmen ging und als Frau zurückkam. Wenn du den Strand erreicht hattest, fühlten sich deine Beine an wie Steine oder so was, du versuchtest aufzustehen und hast am ganzen Körper gezittert, du warst total ausgepumpt. Dann kam die Alte Frau und legte ihren Umhang um dich, und du hast dich einfach großartig gefühlt. Danach warst du eine Frau, und wenn du dich mit jemandem verheiraten wolltest, dann konntest du es tun, und du konntest auch Kinder haben, weil du dich jetzt richtig um sie kümmern konntest.

Jeden Monat, wenn deine Mondzeit kam, gingst du für einen viertägigen Urlaub oder eine Party ins Wartehaus. Die meisten Frauen hatten ihre Mondzeit ungefähr gleichzeitig. Du bist auf einem besonderen Polster aus Moos gesessen und hast das Blut deines Körpers der Erdmutter zurückgegeben, du hast gespielt und geredet, und falls du Krämpfe hattest, gab es einen Tee zu trinken, der sie vertrieb, und die andern Schwestern haben dir den Rücken gerieben. Wenn uns die Krämpfe zu stark plagten, spielten wir ›Frösche‹. Du kauerst dich so nieder«, Oma machte es vor und ging zu Boden, »unterschlägst die Beine unter den Bauch und senkst deinen Kopf, bis die Stirn den Boden berührt, dann krümmst du deinen Rücken wie eine Katze, wie ich jetzt, du atmest tief ein, dann streckst du den Rücken. Sieht komisch aus, aber es hilft. Es ist auch gut, wenn jemand zum ersten Mal ein Kind kriegt, alles wird an den richtigen Platz geschoben.«

Liniculla ging neben Oma in die Knie und versuchte es, Suzie und ich blinzelten uns zu. Wir mußten beide das Augenwasser zurückhalten, als das Mädchen, das noch Jahre von seiner ersten Menstruation entfernt war, zusammen mit Oma, die ihre letzte schon vor Jahren hatte, die krampfstillende Position übte.

»So ist's gut«, sagte Oma und stand, etwas steif geworden, auf. »Jetzt brauchst du dir über Krämpfe nie mehr Gedanken zu machen, und du brauchst nie Pillen oder so was. Mach einfach das Froschspiel, und du bist in Ordnung.«

Ein paar Schritte von uns entfernt hatte Pete unterdessen eine Stelle mit vielen Beeren entdeckt. Er rief uns, und wir gingen zu ihm. Oma hatte Pete immer im

Auge behalten, während sie mit Liniculla gesprochen hatte, und von Zeit zu Zeit grinste sie für sich selbst. Aber sie war in ihr Gespräch mit Liniculla vertieft, und sie sprach nicht mit Pete, obwohl wir natürlich alle wußten, daß er zuhörte. Schließlich drehte sich Pete lächelnd um, und Oma nahm eine überreife Beere und zerquetschte sie auf seiner Nase.

»Es gibt Leute«, neckte sie ihn, »die sind so gerissen und so schnell, daß sie sich auf dem Rückweg selbst begegnen. Also komm mal mit.« Sie nahm ihn an der Hand und ging auf den Steinkreis zu. Wir stellten unsere Kübel und Töpfe ab und beeilten uns, sie einzuholen.

»Dieser hier war früher größer. Zuoberst fehlt etwas, seht ihr? Er hat etwas Schlagseite. Weiß nicht, womit es abgebrochen wurde. Aber ich weiß, daß es obendrauf war, alles aus einem Stück. Die Sonne sollte genau durch diese Spalte hier kommen. Und wenn das der Fall ist, dann geht der Mond zwischen diesen beiden Steinen da auf, und er bewegt sich nach dort drüben, bevor die Sonne über diesem Stein aufgeht.«

An unseren Gesichtern konnte sie ablesen, daß wir so gut wie nichts verstanden hatten. Sie seufzte, setzte sich ins Gras und erklärte uns alles so, als ob sie zu einer Bande von Zweijährigen sprechen müßte.

»Der Kreis ist nicht mehr vollständig; niemand weiß, wo der fehlende Stein geblieben ist. Er war groß und schmal und trug magische Zeichen, mit denen man messen konnte. Er ist nicht umgestürzt, er wurde auch nicht fortgeschleppt. Einmal war er hier, das nächste Mal war er weg, nur ein kahler Fleck am Boden war geblieben, der Stein war nirgends zu finden.

Die Familie, die über die Meßsteine vollständig Bescheid wußte, bekam die ›Würgehals-Krankheit‹, die Diphtherie. Im Vergleich zu unserem einstigen Wissen ist unser heutiges deshalb nichts mehr. Wir konnten alles messen. Tage, Monate, Jahre, Distanzen, einfach alles.«

Pete lag auf dem Rücken und starrte in den blauen Himmel, seinen sonderbar gefärbten Augen entging keine Einzelheit der Wolkengebilde, und der Wind wehte durch seine gebleichten Haare. Er lag auf dem Rücken und wartete darauf, daß Oma weitererzählte. Als sie in Nootka zu sprechen begann, verstand er, was sie meinte. Er verstand nicht jedes einzelne Wort, aber er erkannte den Sinn der Worte. Omas Augen schauten weit weg in eine andere Welt, sie sah Dinge, die wir nicht sehen konnten. Liniculla starrte Oma an, als ob ihr Gesicht eine Kinoleinwand wäre, auf der sie diese verborgenen Dinge auch sehen könnte.

»Nach der Flut schauten die magischen Frauen nach, ob es Kupferfrau gut gehe, und brachten sie hierher. Kupferfrau fuhr mit dem Einbaum hinaus, um sie zu treffen, und sie trugen sie hierher, sie brachten sie mitsamt dem Einbaum an diesen Ort.

Es gibt andere Orte mit anderen Steinen und anderen Mustern, aber sie dienen alle dem gleichen Zweck: Sie messen und markieren. Und der große, der wichtigste, liegt in der Nähe der Stelle, wo Kupferfrau als kleines Mädchen lebte, bevor sie hierher kam. Als die magischen Frauen ihr das Muster zeichneten, erinnerte sie sich an die großen Steine ihrer alten Heimat, und sie weinte, weil sie sich an all das erinnerte, was sie verloren hatte.

Als sie hierher kamen, gab es noch keine Steine, nur das Meer, den Strand und ein großes Feld mit Gras und

Blumen. Sie zeichneten einen Kreis in den Sand und erklärten ihr seine Geheimnisse, und sie erklärten ihr, wie dieser Kreis die Verbindung zur Heimat herstellt, zur wahren Heimat. Als sie nicht mehr um ihren alten Ort weinte, brachten sie ihr bei, sich vom Boden abzuheben und wie Staub in der Luft zu schweben. Als sie vom Boden abheben und schweben konnte, wohin sie wollte, zeigten sie ihr, wie sie ihr Fleisch und ihre Knochen in ihrem Hautbeutel zurücklassen und nur ihr Selbst an einen andern Ort senden konnte.

Als sie dies auch konnte, erklärten sie ihr, warum sich manche Körper im Himmel verändern und andere nicht. Als sie all dies verstand, machten sie ihre Magie und schnitten die Steine aus dem Berg und formten sie nach ihren Wünschen. Dann bewegten sie die Steine auf die gleiche Weise, wie sie sich selbst bewegten, setzten sie an die richtige Stelle und markierten sie, und sie setzten auch den jetzt fehlenden Stein an seinen Platz und versahen ihn mit magischen Zeichen. Sie lehrten sie alles über das Messen, und wie man mit den Markierungen und den Steinen Distanzen und Zeitabschnitte messen kann.

Dank den Steinen, den Sternen, den Markierungen und Klin Otto wußten wir immer, wo wir waren und wieviel uns gehörte.«

»Wenn sie sich so nach ihrer Heimat sehnte«, fragte Pete leise, »und sie doch wußten, wo sie war, warum haben sie sie nicht einfach nach Hause gebracht?«

»Warum gehst du nicht einfach Beeren pflücken?« knurrte Oma. »Deshalb sind wir ja schließlich hergekommen!«

Clowns

Halloween stand vor der Tür, und das ganze Dorf war mit den Vorbereitungen beschäftigt. In einer Vertiefung auf dem Strand hatten die Leute Treibholz so hoch aufgeschichtet, daß ein Mann, der auf den Schultern eines anderen stand, oben nichts mehr drauflegen konnte. Danach machten sich alle daran, den hohlen Stapel mit brennbarem Plunder zu füllen – Abfall, alten Zeitungen und was sonst noch so an Brennbarem herumlag. Auf diese Weise räumen wir jedes Jahr unser Dorf auf. Alle Fenster waren mit einer furchterregenden, schwarzen Katze oder einem großen, orangefarbenen Kürbis beklebt, und je näher das Monatsende kam, desto verzweifelter suchten die Kinder nach einem Kostüm. Liniculla machte uns alle verrückt. Zuerst entschied sie sich für ein Piratenkostüm, kam aber dann zur Erkenntnis, daß sie in den Hosen mit den ausgefransten Beinen frieren würde. Als nächstes wollte sie eine Prinzessin sein, aber auch diese Idee wurde wieder verworfen. Ich war drauf und dran, ihr zu sagen, sie solle als Kartoffelsack gehen, als Oma ihren bescheidenen Vorschlag vorbrachte.

»Geh als Clown«, schlug sie vor.

Liniculla verwarf diesen Gedanken auf der Stelle: »Alle gehen als Clown! Wenn eine als Clown geht, dann heißt das doch nur, daß ihr sonst nichts besseres in den Sinn gekommen ist.«

»Nicht als Zirkusclown«, korrigierte Oma ruhig, »als

indianische Clownfrau. Wie in den Tagen, bevor die Eroberer kamen.«

»Bei uns gab es keine Clowns, oder?« fragte Liniculla. Sie machte es sich zu Omas Füßen bequem und wartete gespannt auf eine neue Geschichte.

»Wir hatten Clowns«, lächelte Oma und griff nach der Bürste, um Liniculla zu kämmen. »Es waren keine Clowns, wie du sie heute siehst, mit roten runden Nasen und ausgebeulten Kleidern. Unsere Clowns trugen ganz verschiedenes Zeug. Sie trugen das, wozu sie gerade Lust hatten. Und sie tauchten nicht nur ab und zu auf, um herumzualbern und die Leute zum Lachen zu bringen. Unsere Clowns waren immer mit uns zusammen, sie waren ebenso wichtig wie der Dorfhäuptling, der Schamane, die Tänzer und die Poeten.

Ein Clown war für uns wie eine Zeitung oder eine Illustrierte, oder wie jemand, der einen Artikel über ein Buch oder einen Film schreibt, damit man nachher weiß, ob es sich lohnt, sich damit rumzuschlagen. Sie haben sich tagtäglich über alles und jedes ausgelassen. War ein Clown der Meinung, der Stammesrat sei drauf und dran, eine Torheit zu begehen, tauchte er an der Versammlung auf und imitierte jede Bewegung, die die einzelnen Ratsmitglieder machten. Die Clowns machten das so, daß jede Kleinigkeit des Betreffenden zum Vorschein kam, jeden Fehler in ihren Argumenten machten sie riesengroß.

Hast du dir zum Beispiel viel auf deine Kleider eingebildet, tauchte plötzlich ein Clown hinter dir auf, er trug die himmeltraurigsten Fummel, die du dir vorstellen kannst, trotzdem glich die ganze Aufmachung irgendwie dem, was du anhattest. Vielleicht hattest du eine Halskette, mit der du immer aufgetrumpft hast.

Nun, dann hatte sich der Clown eben auch eine Halskette gemacht, aus Baumrinde und Zweigen, Federn, Hundescheiße, alten zerbrochenen Venusmuscheln und allem Möglichen, und das ganze war deiner Halskette nachgebildet. Und wenn du stolz wie ein Gockel herumstolziert bist, dann imitierte der Clown deinen Gang. Wenn du deine besten Kleider trugst, trug der Clown Lumpen, Fetzen und Stücke von altem Farn, was immer du willst, und sein Haar sah aus wie ein Vogelnest, mit Schlamm und Zweigen und so'nem Zeug, und er folgte dir überallhin. Alles, was du gemacht hast, machte er nach. Und niemand hätte sich je getraut, seine Wut an den Clowns auszulassen! Wer so etwas tat, war total beschämt. Die Clowns benahmen sich nicht wie Clowns, um dich zu verletzen, dich lächerlich zu machen oder um gemein zu sein. Sie zeigten dir, wie du in den Augen der anderen ausgesehen hast, wie töricht es ist, wenn man sich auf seine Kleider und so Zeug etwas einbildet, anstatt auf das zu achten, worauf es ankommt: nett und liebenswürdig zu den Leuten zu sein und sich den Mitmenschen anzupassen.

Wenn du sprachst, als würdest du mit jedem Wort das Evangelium verkünden, schlenderte der Clown lallend hinter dir her wie ein Einfaltspinsel oder ein kleines Kind. Jedes Heben und Senken deiner Stimme wurde vom Clown imitiert, bis du endlich gemerkt hast, was für ein Arsch du eigentlich bist. Wenn du dich nicht beherrschen konntest und viel herumgeschrien hast, oder wenn du dich nicht im Zaum halten konntest oder so, dann verhielt er sich entsprechend. Jedesmal, wenn du dich umgedreht hast, drosch der Clown mit einem Stock auf den Sand ein, trat wie ein Verrückter gegen einen großen Stein oder beschimpfte lautstark die Möwen und machte dabei einen rundum einfältigen Eindruck.

Wir brauchten unsere Clowns, sie lehrten uns, wie wir am besten miteinander auskommen konnten. Ein Individuum zu sein, ist gut, aber manchmal sind wir nur noch damit beschäftigt, ein Individuum zu sein. Wir vergessen, daß wir mit einer Menge anderer Leute zusammenleben, die auch das Recht haben, Individuen zu sein, und die Clowns haben es uns eben gezeigt, wenn wir zu aufdringlich wurden oder uns selbst zu ernst nahmen. Ihnen war nichts heilig. Manchmal merkte ein Clown, wie ein anderer Clown hinter ihm herlief und ihn imitierte, dann wußte der vordere, daß etwas nicht stimmte, vielleicht war er gemein oder mißbrauchte seine Stellung als Clown und nützte andere zum eigenen Vorteil aus.

Aber meistens meinten es die Clowns sehr ernst mit dem, was sie taten. Und der berühmteste aller Clowns war eine Frau, die nicht einmal eine von uns war. Sie lebte auf der anderen Seite der Insel bei den Salish. Vielleicht war sie auch bei den Cowichan, ich weiß es nicht mehr genau. Werde wohl alt. Auf jeden Fall war diese Frau während ihres ganzen Lebens eine Clownfrau. Schon als Mädchen konnte sie andere Leute nachmachen, sie imitierte ihre Art zu gehen und zu sprechen. Sie war also bestens darauf vorbereitet, es richtig und im rechten Moment zu machen, und nicht nur die Aufmerksamkeit auf sich zu ziehen.

Die Christen haben die Insel aufgeteilt. Eine Gruppe bekam diesen Teil, und die andere bekam jenen Teil, und sie haben Kirchen gebaut und machten sich daran, uns da reinzubringen. Man erzählt sich, damals hätte den Indianern das Land gehört und den Weißen die

Bibel, jetzt haben die Indianer die Bibel und die Weißen das Land. Eigentlich stimmt das auch, außer daß viele von uns nicht mal eine Bibel haben. Sie haben also auf einem Hügel diese Kirche aus Stein gebaut, mit einem Kreuz obendrauf, das zum Himmel zeigte. Der Priester verschenkte Bildchen und Spiegel und andere Sachen, die wir nicht hatten, damit die Leute in die Kirche kamen. So ein Spiegel mag heute nicht viel hergeben, aber damals waren sie so selten wie Diamanten, und wenn etwas selten ist, ist es viel wert. So wie Rosen kostbarer sind als Löwenzahn, weil sie nicht so zahlreich sind, obwohl beides Blumen sind.

So begannen die Leute in diese Kirche zu gehen, und bald lief dieselbe alte Geschichte ab. Sie bekamen erzählt, was sie zu tun hätten, wie sie sich kleiden und wie sie leben sollten, und jener Priester hatte es besonders auf die Kleidung abgesehen. Er war dagegen, daß die Männer Kilts trugen, er wollte sie in Hosen sehen, und für die Frauen kamen nur lange Kleider in Frage, die sie bedeckten. Und er sagte allen, sie müßten lernen, wie die Weißen zu leben und sich wie Weiße zu kleiden.

Nun, an einem Sonntag tauchte doch tatsächlich die Clownfrau auf. Sie trug einen großen, schwarzen Hut, wie ihn die Weißen tragen, eine schwarze Jacke, wie sie die Weißen tragen, und alte abgelaufene Schuhe, die ein Weißer weggeworfen hatte. Sonst nichts.«

Liniculla kicherte, ihre Augen funkelten, und Oma kämmte ihre Haare, während sie erzählte.

»Also, der weiße Priester ist vielleicht in die Luft gegangen! Da kam diese Frau eher nackt als angezogen in die Kirche spaziert, und was noch schlimmer war: Die Leute haben sie alle respektvoll angeschaut, haben sie nicht ausgelacht und sich auch nicht die Augen zugehalten, um ihre Nacktheit nicht zu sehen. Sie begab sich zur vordersten Bankreihe, setzte sich und wartete darauf, daß der Gottesdienst begann.

Der Priester fing an zu toben und Phrasen zu dreschen über das Nacktsein und nackte Frauen, über die Sünde und den Respekt vor Gott. Dann kam er von der Kanzel runter und packte die Clownfrau und warf sie nach draußen, wo sie auf dem Hintern landete.

Die Leute waren drauf und dran, ihn in Stücke zu reißen. Einer Clownfrau tut man keine Gewalt an! Aber die Clownfrau verhinderte, daß sie ihm etwas antaten. Sie ging dann nach vorne, wo er vorher gestanden hatte, und sprach in ihrer eigenen Sprache zu den Leuten. Sie sagte uns, wir alle seien Brüder und Schwestern, weil Kupferfrau unsere gemeinsame Urmutter sei, und weil wir alle die Nachkommen der vier Paare seien, die nach der Sintflut weggegangen waren. Sie sagte uns, verschiedene Leute hätten verschiedene Methoden, etwas zu tun, aber dies bedeute nicht, eine Methode sei richtig und die andere sei falsch, es bedeute einfach, daß alle Wege verschieden seien. Wir sollten uns einmal überlegen, wie wir uns wohl fern von Zuhause fühlen würden, wir sollten uns einmal in die Lage der Weißen versetzen. Wie es uns wohl gehen würde, wenn wir nur ein paar braune und viele weiße Gesichter sehen würden? Vielleicht handle der Priester so, weil er mit uns fast allein sei. Weil er einer Clownfrau etwas Verbotenes angetan habe, brauchten wir nicht so aufzubrausen und einem Mann der Religion etwas Verbotenes antun. Wir alle müßten in der Welt unseren eigenen Weg finden, wir alle müßten herausfinden, was wahr sei und etwas bedeute. Sie sagte, es gebe nicht nur eine Sorte Spiegel. Da sei der Spiegel der Weißen, den sehe man, wenn man zur Kirche gehe, aber es gebe auch den Spiegel in den Augen der Leute, die man gern hat.

Darauf verließ sie die Kirche, alle andern folgten ihr und ließen den Priester allein. Die Kirche steht heute noch dort, und sie ist immer noch leer.«

»Erzähl mir mehr«, bettelte Liniculla.

»Nur wenn ich eine Tasse Tee für meine Bronchien bekomme«, neckte Oma. Liniculla beeilte sich, den Kessel auf den Herd zu stellen. Sie spülte den Teekrug, wärmte ihn und maß den Tee sorgfältig ab, dann holte sie Tassen und Teller, Zucker und Milch und hatte alles bereit, als das Wasser zu sieden begann. Oma saß da, schaute ihr zu und lächelte in sich hinein. Ich erinnerte mich an die Zeit, als ich selbst zehn Jahre alt war und helfen wollte, und wie sie es immer zuließ, selbst wenn es ihr mehr Arbeit bescherte. Als Oma eine Tasse getrunken hatte und an der zweiten nippte, begann sie langsam zu schaukeln, und es dauerte nicht lange, bis sie mit der zweiten Clowngeschichte begann.

»Die Leute gingen oft nach Victoria hinunter, um dort bei der Hudson-Bay-Gesellschaft Dinge einzutauschen, die sie sonst nirgends bekamen. Sie töteten Seehunde und Otter wie nie zuvor, damit sie mit den Häuten handeln konnten. Alle wußten, daß die Tiere aussterben würden, trotzdem wollte niemand der erste sein, der damit aufhörte. Sie haben wohl gedacht, daß es ja trotzdem soweit kommen würde, deshalb könnten sie ruhig auch ein paar nehmen. Und nicht alles von dem Zeug, das sie dafür bekamen, war etwas wert. Da hast du eine lange Reise mit einem großen Fellbündel gemacht und warst nicht sicher, ob dir der Mann von der Hudson Bay das geben wird, was du möchtest. Mehr und mehr bekam man von der Handelsgesellschaft nur Plunder, und private Händler kamen mit ein paar blauen Glasperlen und viel Rum daher, es war eine richtige Schweinerei.

Unsere Clownfrau zog auch nach Victoria runter, wo sie ihren Verkaufsstand genau neben der Hudson Bay aufstellte. Die Hudson Bay tauschte Glasperlen ein, sie tauschte Splitter von kaputten Muscheln. Sie gaben Melasse, sie hatte wilden Honig. Sie gaben Rum, sie hatte abgestandenes Schlammwasser. Und sie saß einfach da. Das war alles: Sie saß einfach da. Die Leute sahen sie, wenn sie die Hudson Bay besuchten, und sie sahen das Zeug, das sie zum Tausch anbot, und sie wußten, was sie ihnen damit sagen wollte. Einige gingen trotzdem rein, um zu tauschen, aber einige machten kehrt und gingen nach Hause, und einige handelten sogar mit ihr, und sie nahm alle sehr ernst, nahm ihre Felle und gab ihnen Muschelstücke und so'n Zeug, und die Verkäufer trugen sie, als wären es Glasperlen.

Nach einer Weile kam der Mann von der Hudson Bay heraus, weil er herausfinden wollte, warum fast niemand mehr mit ihm handelte. Er sah sie da sitzen und ging fast in die Luft. Er ging zum Gouverneur und beklagte sich über die Clownfrau. Der Gouverneur trat aus dem Haus und schaute sich die Sache an. Darauf flüsterte er dem Mann von der Hudson Bay zwei, drei Dinge, und von da an erhielten wir gute Ware.

Die Clownfrau ging nach Hause, um über das Geschehene nachzudenken, und sie kam zum Schluß, daß der Gouverneur vielleicht doch nicht so ein Arsch sei. Er hatte begriffen, was sie sagen wollte. Vielleicht würde er auf sie hören, wenn sie ihm etwas über den

Rumhandel erzählte. Die Amerikaner sandten viele Schiffe herauf, und alles, was sie gegen unsere Felle eintauschten, war Rum. Zuerst stellten sie ein Rumfäßchen an den Strand, gratis, und nachdem sich die Männer hinter den Rum gemacht hatten, kamen sie, um zu handeln, und was dabei herauskam, war ziemlich scheußlich.

Die Clownfrau machte sich wieder nach Victoria auf, und alle wußten, daß sie den Gouverneur treffen und den Rumhandel stoppen würde. Als sie nicht in Victoria auftauchte, begannen die Leute nach ihr zu suchen. Sie fanden sie mit einer Kugel im Kopf neben ihrem Einbaum, sie war tot.

Das mußte ein Weißer getan haben, wir würden einer Clownfrau nie Gewalt antun.«

Liniculla starrte die Oma lange an. Bevor sie überhaupt den Mund aufmachte, war uns klar, daß es an Halloween eine kleine Clownfrau geben würde, über und über mit Muscheln, Rinden, Federn und Stoffstücken tapeziert, die feilschend und schachernd durchs Dorf gehen würde, und die uns Gelegenheit geben würde, die Dinge so zu sehen, wie sie sein könnten.

Das Lied der Bärenfrau

Die Zeit für Suzies Periode war gekommen. Es war ein gutes Gefühl, in der Nähe einer Frau zu sein, die in ihrer heiligen Zeit war, es tat gut, den besonderen Duft ihres Körpers zu riechen und am Besonderen teilzuhaben. Meine eigene Periode konnte jeden Moment kommen, und ich fragte mich nicht zum ersten Mal, warum sie die Frauen im Dorf fast immer gleichzeitig bekamen. Weil ich selbst nie auf die Antwort kam, fragte ich schließlich meine Oma. Sie schaute mich ob der offenbar einfältigen Frage ungläubig an und schüttelte leise den Kopf.

»Das Licht, Ki-Ki«, seufzte sie, »es ist wegen dem Licht. Früher, bevor die Elektrizität und das starke Licht es den Leuten ermöglichten, die halbe Nacht aufzubleiben, standen wir alle mit der Sonne auf und gingen mit ihr zu Bett. Weil wir alle die gleiche Menge Licht und Dunkelheit abbekamen, war der Körperzyklus bei allen gleich, und wir beendeten unseren Kreis gleichzeitig.«

Ich mußte zugeben, daß ich dies nicht verstand. Ich kam mir mehr als nur ein bißchen blöd vor.

»Ich versteh's auch nicht!« schnauzte sie. »Ich weiß nicht, ob es mit den Augen, den Köpfen, den Bäuchen oder mit sonstwas zu tun hat. Ich weiß nur, daß es etwas mit dem Licht zu tun hat, und weil hier alle etwa zur gleichen Zeit zu Bett gehen und zur gleichen Zeit aufstehen ... weißt du, wie und warum die Gänse in den Süden ziehen? Warum willst du das andere wissen?«

Sie hantierte während einiger Minuten in der Küche herum, saugte an ihren Lippen, schnalzte mit der Zunge und warf mir schräge Blicke zu. Schließlich lächelte sie, setzte sich zu mir an den Tisch und nahm meine Hand.

»Früher durften die Frauen während ihrer Zeit nicht auf den Berg gehen. Bären haben große, empfindliche Nasen, sie hätten das Blut der Frauenzeit riechen können. Sie hätten gemeint, es sei ein Bärenweibchen, mit dem sie sich paaren könnten. Wahrscheinlich wollten sie gar niemandem weh tun, aber die Umarmung eines großen Bärenmännchens könnte einem Menschen ganz schön zusetzen. Deshalb wurde das Wartehaus immer vor den Bären geschützt, und die Frauen gingen nicht in die Berge.

Es war einmal eine junge Frau, die alle Reinlichkeitsgesetze befolgte und während ihrer Periode nie in die Berge ging. Sie tat alles, was von uns erwartet wird, und trotzdem wurde sie von einem Bären geliebt. Ich weiß nicht wieso, auf jeden Fall hat der Bär sie gesehen und sich einfach in sie verliebt – so zärtlich, so fest und so närrisch, wie man eben verliebt ist, wenn einen der Liebespfeil trifft.

Der Bär dachte sich, die junge Frau könnte Angst bekommen, also versteckte er sich im Gebüsch und versuchte nie, sie zu berühren oder mit ihr zu sprechen; er beobachtete sie einfach. Er beobachtete sie mit seinen kleinen runden Augen, und er bebte vor Liebe. Er beobachtete die junge Frau beim Fischen und beim Beerensammeln; er beobachtete sie beim Gehen und beobachtete sie beim Lachen. Er bebte vor Liebe und er hatte das Gefühl, daß es für seine Liebe keine Hoffnung gab.

So weit, so gut. Eines Tages kam die junge Frau von

ihrer Nahrungssuche zurück und legte beim Süßwasserteich einen Halt ein, um ein Bad zu nehmen. Sie zog alle Kleider aus, ging langsam zum Teich und schwamm ein wenig herum. Sie stand bis zu den Knien im Wasser, um sich das Gesicht zu waschen. Sie lehnte sich zurück und wusch ihre Haare. Sie stand auf, das Wasser in den Haaren lief über ihren Rücken. Sie rieb ihren Körper mit weichem Sand ab, sie drehte sich nach links, sie drehte sich nach rechts, sie drehte sich nochmals und schaute genau in die Richtung des Busches, hinter dem sich der Bär versteckt hatte.

›Ich weiß, daß du da drin bist‹, lachte die junge Frau. ›Ich weiß, daß du dein Spielchen mit mir getrieben hast. Du hast mich beobachtet. Du hast die Fische in meine Richtung gescheucht, damit ich sie fangen konnte. Komm jetzt hinter dem Busch hervor und laß dich anschauen.‹

Der Bär war so überrascht, daß er beinahe seine Zunge verschluckte, aber er stand auf und ging auf den Süßwasserteich zu. Er war so verstört wie alle, die zum ersten Mal bei ihrer Angebeteten ankommen.

›Komm ins Wasser‹, sagte die junge Frau einladend, und der Bär ging ins Wasser. Sie schwammen zusammen, sie spritzten sich an, das Mädchen krallte sich im dicken Fell des Bären fest, und der Bär zog sie schwimmend hinter sich her. Dann legten sie sich zum Trocknen in die Sonne, der Bär starrte die junge Frau an, er wollte sie berühren und lieben.

›Ich liebe dich‹, stieß er hervor, die Worte blieben ihm fast im Hals stecken.

›Warum hast du dich versteckt?‹ wollte die junge Frau wissen.

›Wie könnte jemand, der so schön ist wie du, einen

Bären lieben?‹ Aus einem Auge des armen Bären lief eine Träne.

Die junge Frau legte den Kopf des Bären in ihren Schoß, streichelte sein Fell, küßte ihn auf die Nase und sagte: ›Aber du bist schön. Du bist stark, lieb und schön, und ich liebe dich.‹

›Ich bin eine Bärenfrau‹, sagte der Bär.

Die junge Frau saß eine Weile schweigend da, dann lachte sie und sagte: ›Wenn ich ein Wesen lieben kann, das so anders aussieht als ich, warum sollte ich mich dann darum kümmern, ob du eine Bärenfrau oder ein Bärenmann bist? Ich liebe dich, Bärenfrau. Ich würde dich auch lieben, wenn du dünner, dicker, kleiner oder größer wärst, weil ich die Liebe in dir liebe und die Schönheit, die in dir ist.‹ Die junge Frau lachte und fügte hinzu: ›Fleisch und Knochen spielen ohnehin keine Rolle. Es kommt auf ihren Inhalt an, den Geist der Liebe.‹

Sie stand auf, die Bärenfrau stand auch auf, die junge Frau streifte das Kleid über, nahm die Bärenfrau an der Tatze und ging mit ihr den Berg hinauf zur Höhle, wo sie lebte. Sie gingen hinein und liebten sich. Im kalten Winter schliefen sie zusammen, das dicke Fell der Bärenfrau hielt die junge Frau warm, und im Frühling kamen sie zusammen aus der Höhle, um zu tanzen und zu fischen, und sie waren glücklich. Die Bärenfrau machte ein Lied für die junge Frau und sang es ihr vor, und sie war glücklich. Und wenn die Leute über das Zusammenleben und das Glücklichsein der Frau und der Bärenfrau sprachen, war es für sie wie ein Wunder, weil die Gestalt von Fleisch und Knochen überhaupt keine Rolle spielt.«

Als sie fertig erzählt hatte, sang mir Oma das Lied der

Bärenfrau vor, und sie sagte, ich dürfe es aufschreiben und anderen zeigen. Jede, die zu diesem Lied eine Melodie finden und es singen oder tanzen kann, ist eine Schwester der Bärenfrau, und sie darf darum bitten, in den Bärenklan aufgenommen zu werden. Und wenn du in die Berge gehst, mußt du eine Glocke tragen, ganz gleich, ob du deine Menstruation hast oder nicht, damit dich die Bären hören können und wissen, daß du ihre Freundin bist.

Der Geist der Schönheit
ist zu mir gekommen.
Der Geist der Schönheit
hat Freunde und Familie verlassen,
um zu mir zu kommen.
Käme ihre Familie
und nähme sie mir weg,
müßte ich sterben.

Der Geist der Schönheit
geht mit mir.
Ich werde für sie Beeren sammeln,
Knollen und Wurzeln aus den Hügeln.
Ich werde alles tun, um sie zu erfreuen.
Ich werde für sie tanzen und sie warm halten.
Ich machte ein Lied für sie,
das ich ihr nun singe.

Der Geist der Schönheit
ist zu mir gekommen.

Die Königinmutter

Oma strickte einen Pullover für Liniculla. Die großen Plastiknadeln klapperten regelmäßig, und die Wolle roch leicht ölig in der warmen Küche. Auf dem Rükkenteil des Pullovers zeichnete sich das ›Adler-fliegt-hoch‹-Muster schwarz gegen den Hintergrund der ungebleichten, braun-grauen Wolle ab. Immer wieder nahm sie beide Nadeln in die linke Hand, um mit der rechten nach der Tasse zu greifen und vom Tee der wilden Hagebutten zu schlürfen. Als Oma an jenem Morgen aufgestanden war, mußte sie niesen, deshalb schüttete sie ununterbrochen Hagebuttentee in sich hinein, um die drohende Erkältung abzuwehren. Ich sagte ihr, ihre Kur gegen die Erkältung könnte auf Kosten der Nieren gehen, aber sie murmelte nur ein paar Nootka-Beschimpfungen über Pillen und Roßkuren und hörte nicht auf, ihren Kräutertee zu bechern.

Nach dem Mittagessen waren Suzie und Liniculla herübergekommen, und Suzie wollte prüfen, ob Oma immer noch stark wie ein Hirsch sei. Aber diese wimmelte sie ab und sagte, wir sollten kein Tamtam machen, alles was sie brauche, sei eine Menge Hagebuttentee. Wir beschlossen auf der Stelle, sie allein zu lassen, bevor sie schlechte Laune bekam und uns für ein paar Tage Hausverbot aufbrummte.

»Meine Großmutter war die Königinmutter«, sagte sie unvermittelt mit matter Stimme. Sie stellte die Tasse an ihren Platz zurück und wandte sich wieder ihrer

Strickarbeit zu. »Ihr Sohn war der König. Aber sie war nicht die Königinmutter, weil er König war, wie in England. Er war König, weil sie die Königinmutter war. Eigentlich hätte ihr Sohn den Königstitel nicht geerbt. Das älteste Mädchen der Königinmutter, meine Mutter, wäre eigentlich Königinmutter geworden, und *ihr* Sohn – also mein Bruder – wäre König geworden. Nach meiner Mutter wäre ich Königinmutter geworden, weil ich die älteste Tochter war, und mein Sohn wäre König geworden. Deine Mutter, Ki-Ki, wäre Königinmutter geworden, und wenn du einen Bruder gehabt hättest, wäre er König geworden. Dann wärst du Königinmutter geworden, und dein Sohn würde König.«

Sie warf Susie und mir ein gequältes Lächeln zu. »Aber es geriet alles durcheinander, saumäßig durcheinander, weil die Schiffe zurückkamen. Die Leute jagten sie nicht weg, sie hofften, diesmal würde alles anders laufen.

Maquinna war etwa dreißig, als sie zurückkamen. Zuerst kamen die Spanier, dann die Engländer. Wir hatten schon von den Missionen in Kalifornien und den Entdeckerschiffen gehört, die überall herumsegelten, um Land in Anspruch zu nehmen. Maquinna kam es vor wie ein Schwimmen gegen den Strom. Die Lachse tun es, bevor sie laichen, aber danach sterben sie. Deshalb sprach er davon, man müsse aus allem das Beste machen und sich biegen wie eine Weide unter dem Sturmwind, und ich glaube, er hatte trotz allem recht. Wenn die Zeit für eine Veränderung gekommen ist, dann ist die Zeit eben gekommen.

Die Dinge standen ohnehin nicht mehr allzugut, wir hatten es nicht leicht. Wenn Leute den Punkt erreicht haben, wo ihnen das Töten als einziger Ausweg erscheint, geht mit ihnen etwas vor. Irgendwie verdreht sich in ihrem Innern etwas, und es geht lange, bis es wieder in Ordnung ist. Als ich jung war, sagten sie mir, wenn eine Generation so weit gebracht werde, daß sie andere Menschen töte, dann müsse während vier Generationen Frieden herrschen. Erst dann seien die Köpfe der Leute wieder in Ordnung. Diese vier Generationen hatten wir noch nicht.

Nachdem wir die Keestadores getötet und eine dritte Insel niedergebrannt hatten, kamen wir zurück. Wir waren mehr als nur ein bißchen übergeschnappt. Offenbar ist es mit der Gewalt gleich wie mit dem Saufen: sie schmeckt nach mehr. Die Männer waren machtbesessen, sie hatten Köpfe eingeschlagen und Blut vergossen, für einige Frauen galt dasselbe. Die Familien begannen, die Macht als etwas Erstrebenswertes anzusehen, als etwas, das sie brauchten. Macht muß nicht etwas Schlechtes sein; ich glaube, es kommt darauf an, wie du mit ihr umgehst. Einige hatten die Gewehre immer noch, die sie den Keestadores abgenommen hatten, und bei der Explosion in der Mine wurde nicht das ganze Schießpulver verbraucht.

Zuerst ging es um Kleinigkeiten, aber es wurde schlimmer. Die Manhousats und die Ahousats stritten sich über die Fischereirechte und die Landverteilung. Die Familie, die mit den Maßsteinen Bescheid wußte, konnte die Angelegenheit nicht regeln, weil einige ihrer Leute nicht mehr da waren. Deshalb glaubte man ihnen weder auf der einen noch auf der anderen Seite. Sie sagten, die Geschichte sei nicht mehr vollständig. Im Handumdrehen gingen sie aufeinander los. Es spielt keine Rolle, wer angefangen hat, oder warum. Einige sagen die Manhousats, andere sagen die Ahousats. Am Ende hatten die Ahousats jedenfalls die Manhousats vernichtet, sie zogen auf deren Insel, und sie sind heute noch dort.

Auf der ganzen Insel, auf dem Festland und den großen Fluß rauf wurden Eroberungsstreifzüge unternommen, um die Leute im Landesinnern zu überfallen und Sklaven und Frauen heimzubringen. Alles ging drunter und drüber, und es gab auch Ärger und Verdruß, weil die gestohlenen Frauen nicht die gleiche Erziehung hatten.

Sklaven hatte es schon immer gegeben, aber sie waren nie mißbraucht worden; schließlich würde ein Städter auch kein teures Pferd kaufen, um es dann verhungern zu lassen. Die Leute hatten die Sklaven nicht zum Arbeiten, sie zeigten damit, daß sie sich Sklaven leisten und sie ernähren konnten. Damit war es nun vorbei.

Manche Leute tun so, als habe hier das reinste Paradies geherrscht, bevor Cook kam. Das war es nicht, und wahrscheinlich ist es das auch nie gewesen, besonders nicht für die Sklaven. Die Schnitzer, die die Einbäume machten, verrichteten ihre Arbeit an den noch stehenden Bäumen. Sie höhlten den Einbaum aus, bis er nur noch an den beiden Enden mit dem Baum verbunden war. Sie glaubten, der Einbaum würde sich mit dem ersten, das er berührte, ›vermählen‹. Wenn er also den Boden berührte, würde er nicht schwimmen, er würde auf die Felsen auflaufen und versuchen, zum Boden zurückzukehren, mit dem er sich vermählt hatte. Deshalb senkten sie den Einbaum mit Hilfe von Rollen, Hebeln und ähnlichen Werkzeugen, dann wurde er auf hölzernen Walzen den ganzen Weg bis zum Wasser geschoben. Falls er nicht richtig schwamm oder unterging, sobald man ihn aufs Wasser legte, waren die Schnitzer manchmal so beschämt, daß sie sich umbrachten. Mit der Zeit kam es vor, daß einer anstelle von Erlenstämmen seine Sklaven auf den Boden legte, nur um zu zeigen, wie mächtig und reich er war. Dann wurde der Einbaum über die Sklaven hinweg zum Wasser geschoben, sie starben oder wurden verkrüppelt, und als die heiligen Menschen sagten, dies sei nicht recht, hörte niemand auf sie.

Eines Tages brachten die Leute aus den Einbäumen die Meldung, Cook habe sich im Nebel verirrt. Sie fuhren raus und lotsten ihn an eine sichere Stelle, sie gaben ihm und seinen Matrosen zu essen, und dann wurden sie krank. Dem Sohn der Königinmutter war es während einiger Monate übel, dann schien er sich zu erholen, aber ein oder zwei Jahre später hustete er Blut. Er, seine Frau und die Kinder starben. Viele Leute starben.«

Oma hielt den Pullover gegen Linicullas Rücken, und Susie goß ihr Hagebuttentee nach. Ich legte ein Scheit aufs Feuer; eher wegen des Knisterns, als um die Küche zu heizen.

»Dies bedeutete, daß der nächstälteste Sohn König wurde, und der hat seine Arbeit gut gemacht. Er hatte genug Verstand, um Hilfe zu bitten, wenn er sie brauchte; das ist mehr, als man von einigen andern erwarten durfte.

Als die Königinmutter starb, wurde ihre älteste Tochter, meine Mutter also, Königinmutter. Aber meine Mutter hatte nie einen Sohn, der lange genug lebte, um König zu werden; deshalb sprang ihr Bruder – mein Onkel – ein, so gut er konnte. Die Dinge standen wirklich schlecht. Überall starben viele Menschen. Eines

Tages stieg aus dem Dorf Hecate überhaupt kein Rauch auf, deshalb schickten die Leute von Kyuquot jemanden mit einem Einbaum los, um nachzusehen. Das ganze Dorf war tot. Alle waren tot, sie lagen in ihrem eigenen Dreck, von Wunden übersät. Die Kyuquots blieben dort und versuchten, die Toten zu verbrennen. Aber bevor sie fertig waren, waren auch sie krank. Sie eilten nach Hause und schleppten die Seuche mit, und bald lag der dicke Rauch der Leichenfeuer über Kyuquot. Die Leute hatten so hohes Fieber, daß sie ins Meer rannten, um sich abzukühlen. Sie bekamen einen Schock vom kalten Wasser, das Herz blieb stehen, und sie fielen tot um.

Mein Onkel tat sein Bestes, aber die Leute wurden verrückt, als sie ihre Verwandten und Freunde tot umfallen sahen. Die Söhne meiner Mutter starben alle sehr jung, und als ich zwölf war, waren auch meine Mutter und alle meine Onkel tot.

Ich war zwölf Jahre alt, schloß gerade meine Pubertätsausbildung ab und war schon Königinmutter. Ich hatte fünf Onkel und zwei Tanten gehabt, die alle in große Familien eingeheiratet hatten, meine Mutter hatte vier Söhne und fünf Töchter, und trotzdem mußte ich mich allein auf das große Schwimmen vorbereiten, weil nur meine jüngere Schwester und ich übriggeblieben waren. Meine Schwester hatte Pockennarben auf dem Gesicht, ich hatte nur ein paar am Rücken und an einem Bein.

Sie führten mich im Einbaum hinaus, wie sie es immer getan hatten. Ich stand in den Entendaunen, hatte meine besten Kleider und all die Sachen an, und sie sangen. Aber sie haben auch geweint. Die Alte Frau stand neben mir, sie weinte auf der ganzen Fahrt, und mir kam alles unheimlich vor. Ich war so stolz und so glücklich darüber, daß ich die Ausbildung zur Frau abgeschloßen hatte, und zugleich war ich traurig und verängstigt, weil ich – vielleicht als einzige – wußte, daß ich noch nicht bereit war, Königinmutter zu werden.

Was soll's, ich hatte keine andere Wahl. Ich zog meine Sachen aus, sprang ins Wasser und begann zu schwimmen. Ich sang das Lied in meinem Kopf und schwamm im Takt der Musik, und obwohl ich wußte, daß mich keine stolzen und glücklichen Eltern, keine Tanten und keine Großmutter empfangen würden, habe ich getan, was mir beigebracht worden war – und ich habe geweint. Die salzigen Tränen, das Salzwasser und die beißende Kälte brachten mich beinahe dazu, daß ich aufgab und mich vom Meer verschlucken ließ. Aber ich wußte, daß es für meine Schwester noch schwieriger gewesen wäre als für mich, also bin ich weitergeschwommen. Sie war nicht zur Königinmutter ausgebildet worden, es wäre ihr gegenüber nicht fair gewesen. Dann erreichte ich den Strand, ich fiel hin und weinte ebenso wie die Alte Frau, dann legte sie mir ihr Cape um, und ich wußte: Das war's, es ist in Ordnung, schlimmer kann es nicht werden.

Schon damals hatte es Missionsschulen gegeben. Es waren keine staatlichen Internate, die kamen erst später, sondern Schulen der Kirche, die die Waisenkinder einsammelten und sich um sie kümmerten. Sie kamen, um mich und meine Schwester zu holen, aber ich rannte weg und versteckte mich; die Leute haben ihnen erzählt, ich sei gestorben. Sie glaubten ihnen, weil schon so viele gestorben waren. Sie haben nur meine Schwester mitgenommen.

Ich sollte also Königinmutter sein und brauchte selbst

fast noch ein Kindermädchen. Vieles, das ich noch lernen sollte, war zusammen mit den Erinnerinnen verlorengegangen, als diese an der Diphtherie, am Keuchhusten oder an der Pest starben. Die Ältesten und die Alte Frau brachten mir bei, was sie wußten, und ich blieb den Missionsschulen fern, deshalb war es nicht allzu schlimm. Als meine Schwester fünfzehn war, hatte sie alles gelernt, was sie ihr an der Missionsschule beibringen konnten, und sie wollte nach Hause zurück. Aber sie erlaubten es ihr nicht, weil sie jemanden haben müsse, der auf sie aufpasse. Der Gedanke, daß sie auf sich selber aufpassen könnte, ist ihnen wohl nicht gekommen. So mußte sie noch zwei Jahre bleiben und für die Missionsschule arbeiten, bis sie einen jungen Mann fand, der sie heiratete und der auch nach Hause wollte. Die Missionsschule war glücklich darüber und ließ die beiden ziehen. Ein Jahr später bekam sie ein Mädchen und nach zwei Jahren einen Buben, aber sie starb bei seiner Geburt, so daß ich als einzige übrigblieb.

Übers Heiraten hatte ich mir noch keine großen Gedanken gemacht, ich glaubte einfach, heiraten sei nichts für mich. Früher hätte man dies vielleicht zugelassen, dann wäre der Sohn meiner Schwester König geworden. Aber die Dinge hatten sich verändert, es war nicht mehr so wie früher. Nachdem ich die anderen um Rat gefragt hatte, kam ich schließlich drauf, daß es wohl das beste sei, wenn ich heiratete und ein paar Kinder hätte, solange noch einer lebte, den ich heiraten konnte. Also habe ich geheiratet. Zweimal. Mein erster Mann schenkte mir zwei Knaben, dann ging er mit seinem Fischerboot unter. Wir haben seinen Leichnam nie gefunden. Unser ältester Sohn wäre König geworden, aber sie brachten ihn ins Internat. Er bekam Tuberkulose, sie brachten ihn ins Spital in Nanaimo, und dort starb er. Kurz bevor er starb, heiratete ich deinen Großvater. Wir bekamen zuerst einen Knaben, dann kam deine Mama zur Welt. Der zweite Sohn meines ersten Mannes ging weg und wurde Holzfäller, er begann zu trinken und kam mit dem Auto von der Straße ab, und das war's.

Deine Mama war sechs, als ich wieder einen Knaben bekam. Sie brachten deine Mama ins Internat, dann wurde das Baby krank, und sie sagten, man sollte es auch nach Nanaimo bringen. Da habe ich mit deinem Opa gesprochen und ihm gesagt, ich sei es leid, über all die weggenommenen Kinder zu weinen. Er stimmte mir zu, also habe ich von da an den Kräutertee getrunken und immer genau darauf geachtet, wie es mit dem Mond steht.

Dann starb dein Opa. Er war ein großer, starker Mann, immer fröhlich und lieb. Irgendwelche Kinder haben ihn mit Masern angesteckt, und er starb.

Deine Mama lief aus dem Internat weg und trieb sich während einiger Jahre in der Gegend von Vancouver herum. Sie kam ins Gefängnis, und als sie entlassen wurde, kam sie heim und heiratete deinen Vater. Ich habe von ihm und seiner Familie nie viel gehalten, aber deine Mama mochte die parfümierten Socken, die er im Sommer trug, und er war gut zu ihr. Er kämmte ihre Haare, so wie Susie die deinen kämmt, und er schaffte es, sie immer glücklich zu machen. Also habe ich mir gedacht, er könne ja nichts dafür, daß er aus einer Familie von Herumtreibern komme, und wenn ihn deine Mama liebte, dann konnte ich ja zufrieden sein.

Falls sie einen Sohn gehabt hätten, wäre er König geworden. Aber eines Tages explodierte der Motor des Fischerbootes, sie konnten dir gerade noch eine Schwimmweste überziehen, dann waren sie weg. Es geschah da draußen in der Bucht.

Wäre sie zum Rennen und zum Schwimmen erzogen worden, wäre sie für ihr Pubertätsschwimmen trainiert worden, dann hätte sie mit Leichtigkeit zurückschwimmen können. Statt dessen hatte man sie ins Internat gesteckt und ihr Bibelverse eingepaukt.

So konnte sie es nicht.« Oma starrte mich so eindringlich an, daß ich erschauerte und eine Gänsehaut bekam. »Somit bist du alles, was mir auf der ganzen Welt geblieben ist. Ich bin niemandes Königinmutter, ich bin niemandes Alte Frau, und wenn ich sterbe, wird alles mit mir sterben.«

Sie lächelte plötzlich, hob Liniculla auf die Knie und sagte: »Es sei denn, die Ohren dieses Mädchens sind ebenso groß wie seine Augen!«

Die Kriegerin

Besonders im Herbst und im Winter gibt es auf unserer Insel Tage, an denen die Wolken tagelang festsitzen und die Sonne verdecken. Der Regen prasselt so lange aufs Dach, bis du meinst, gar kein anderes Geräusch mehr zu kennen, es zwingt dich in dein Innerstes und hämmert auf deinen Kopf ein, bis du weiche Knie bekommst. Aber genau in dem Moment, wenn du meinst, das Wasser, die Wolken und die Nebelschwaden keine Sekunde länger ertragen zu können, genau dann dreht sich der Wind, der Himmel klärt sich auf, und es sieht fast aus wie im Frühling.

Wir hatten nun fast drei Wochen Regen und Schlamm hinter uns und machten schon Witze über einen alten Mann in einem langen Gewand, der von jeder Tiergattung ein Pärchen einsammelt. Frankie Adams behauptete steif und fest, den alten Kerl mit Gummistiefeln und Regenschirm dabei beobachtet zu haben, wie er Lady, meine Hündin, durch gutes Zureden in ein großes Schiff locken wollte. Aber Lady sei von dieser Idee nicht begeistert gewesen, weshalb der alte Kerl gegangen sei. Die Kinder waren schon so oft ein- und ausgegangen, daß die Frauen die Türen zusperren wollten, und wir hatten vom ewigen Abwischen dreckiger Füße fast einen Buckel bekommen. Die Kinder spielten in den Pfützen, kamen durchnäßt und dreckig nach Hause, zogen trockene Kleider an und wärmten sich auf, dann rannten sie wieder nach draußen –

der Wäscheberg wuchs und wuchs. Wir hatten die Wäsche an Leinen und Haken zum Trocknen aufgehängt, deshalb waren die Fenster beschlagen, und wir kamen uns noch eingesperrter vor. Endlich brach die Sonne durch, und wir konnten nach draußen gehen, um die Regenbogen zu bestaunen.

»Sieht aus wie Flügel von Libellen und Schmetterlingen«, sagte meine Oma zufrieden lächelnd. Sie saß auf der Veranda, und ihre schlechten Augen weideten sich an der Pracht. Wir rückten die Waschzuber zurecht und setzten die alte, unermüdliche Waschmaschine auf der Veranda in Gang. Wir wuschen Jeans, Socken und Pullover, die wir von Hand nicht sauber bringen konnten, und Liniculla half mir, den Spültrog mit kaltem Wasser zu füllen. Kaum hatten wir uns an die erste Ladung gemacht, begann Oma zu sprechen. Der leise Fluß ihrer Stimme wurde vom Tuckern der Waschmaschine begleitet, das heiße Wasser gluckste im steifen Jeansstoff.

»Die Krankenpflegerinnen gehörten dem Feuerkrautklan an«, erklärte sie uns. »Die meisten ihrer Frauen waren Schülerinnen. Die Alte Frau bestimmte, was für einen kranken Menschen zu tun sei, und meistens übernahm der Feuerkrautklan die Pflege und Behandlung der Kranken. Als die Seuchen ausbrachen, wurde der Feuerkrautklan am stärksten getroffen. Obwohl sie wußten, daß sie sich in tödliche Gefahr brachten, haben sie sich weiterhin um die Kranken gekümmert. Sie waren dazu ausgebildet worden, sie hatten es immer getan, und selbst der Weltuntergang hätte sie nicht an der Ausübung ihrer Lebensaufgabe hindern können. Es waren so viele von ihnen gestorben, daß der Klan nicht mehr weiterbestehen konnte, deshalb sangen sie die Lieder, sprachen die Gebete und lösten ihn auf. Danach erhielten sie von anderen Klans die Erlaubnis, sich unter deren Schutz zu stellen. Nun gehören einige dem Bärenklan an, andere dem Adlerklan oder dem Klan der Killerwale, aber wir wissen immer noch, wer zum Feuerkrautklan gehörte, weil ihre Familien immer noch das Recht haben, das Zeichen des Schmetterlings, der Libelle, der Biene oder des Kolibris zu tragen.«

Sie warf einen Blick auf Liniculla und lachte. Diese half mir gerade, Jeans aus dem Spültrog in die Mangel zu heben. Sie strahlte vor Glück, denn die beiden wußten, daß den Leuten Außergewöhnliches zu Ohren kommen wird, sobald Oma den vierfarbigen Schmetterling auf ihrer Tanzweste fertig gestickt und sie Liniculla – zusammen mit einem ihrer besonderen Namen – übergeben hatte. Die Leute werden Liniculla in ihrer Weste tanzen sehen, sie werden hören, wie Oma ihr in einer Zeremonie den Namen geben wird, und alle werden dann wissen, daß sich Liniculla als Omas Urenkelin bezeichnen darf, und daß sie dazu ermächtigt wurde, sowohl die Erbschaft meiner Oma wie auch diejenige von Susies Großmutter anzutreten. Auch wenn sie aus Susies Körper kam und nicht aus meinem, auch wenn Susie mit uns nicht blutsverwandt ist und wenn sich ihr Blut und mein Blut nie vereinen können, um neues Leben zu zeugen – in Omas Augen sind wir trotzdem Linicullas Eltern.

Liniculla hat keine der Frauen aus der Familie des Mannes gekannt, der den Samen in Susies Körper gelegt hat. Trotzdem wird sie nicht ohne eine vollständige Verwandtschaft aufwachsen, weil sie jetzt sowohl Susies wie auch meine Verwandten hat. Sie wird wissen, wer sie ist und woher sie kam, und deshalb wird sie auch wissen, welcher Bestimmung sie folgen sollte. Sie wird wissen, daß sie zum aufgelösten Feuerkrautklan gehört, dessen Geschichte vom Dienen und Heilen geprägt ist. Die Regenbogen am Himmel werden sie daran erinnern, daß nie etwas vollständig zerstört wird, daß der Geist derjenigen, die sich geopfert haben, weiterlebt, daß sie sich mit dem Regen und der Sonne vereinigen, um so zur Verheißung für uns alle zu werden, und wenn sie in der Weste mit dem vierfarbigen Schmetterling tanzen wird, werden dies auch alle anderen wissen.

Oma trug ihr Hippiezeug. Wir haben sie deswegen aufgezogen und gesagt, sie sei das älteste überlebende Blumenkind auf der Insel. Wir fragten sie, ob sie sich eine Plastikblume unters Stirnband stecken wolle. Sie hat nur gelacht und uns mit einer Handbewegung zu verstehen gegeben, wir sollten besser die Jeans durch die Mangel drehen. Sie hat ihr Hippie-Stirnband nicht immer getragen, aber manchmal überkam es sie, dann hat sie es umgelegt und die Haare mit dem schwarzen Band nach hinten gebunden. Das rote Stirnband mußte einst ein Taschentuch gewesen sein oder ein Stück von einem Hemd oder einem Kleid, ein rotes Stück Baumwollstoff, das sie faltete und hinten verknotete. Durch den Knoten war dieses schwarze, mit alten Glasperlen geschmückte Band gezogen, mit dem sie ihr Haar zurückband und dessen Enden herunterhingen.

Wir waren fertig mit der Wäsche, die Maschine war geleert, die Hosen und die schweren Socken hingen an der Leine und baumelten in der steifen Brise, die vom Meer her wehte. Ein paar ältere Frauen kamen herüber, um mit Oma Tee zu trinken, und es war leicht zu erkennen, daß auch sie gewaschen hatten. Ihre Hände waren immer noch geschwollen und runzlig vom Wasser, und ihre Haare wurden auch von Hippie-Stirnbändern zusammengehalten. Eines war blau mit weißen Punkten, und man sah gleich, daß es einmal als Taschentuch gedient hatte, ein anderes war gelb wie der Sonnenschein. Meine Stellvertreter-Oma, die mir helfen und mich beraten würde, falls meine eigene Oma sterben sollte, trug ein orange-rotes Stirnband mit weißen Blumenmustern.

Oma ging mit den alten Frauen ins Haus, Liniculla ging zu ihren Freunden, um in den Pfützen mit kleinen Segelbooten zu spielen, und als Susie und ich die restliche Wäsche aufgehängt hatten, gingen wir auch ins Haus. Die alten Frauen saßen in der Küche und schlürften Tee, sie sprachen miteinander in Nootka und lachten leise. Susie und ich besorgten uns Tassen und gossen Tee ein, dann setzten wir uns zu ihnen und hörten zu, ohne am Gespräch teilzunehmen. Wie immer genoß ich die Art und Weise, wie sich Oma unter diesen alten Frauen benahm. Sie schien befreiter, entspannter, sie wählte ihre Worte weniger sorgfältig und lachte öfter, und sie machte den Eindruck, als fühlte sie sich unter ihnen noch sicherer als mit uns.

»Nicht alle Fischer sind Seeleute«, sagte sie unvermittelt, »aber alle Seeleute sind Fischer. Bevor die Fremden kamen, haben die Frauen genauso gekämpft wie die Männer, und sie bekamen die gleiche Ausbildung. Nicht alle Mitglieder des Kriegerinnenbundes gehörten dem geheimen Frauenbund an, aber alle Mitglieder des geheimen Frauenbundes gehörten dem Kriegerinnenbund an. Eine Kriegerin erkannte das Gesicht eines Feindes, und sie war darauf vorbereitet, das Nötige zu unternehmen und ihn zu vernichten.

Manchmal trafen sich die Kriegerinnen ohne die

Männer, um im Kreis zu sitzen und Gespräche unter Frauen zu führen, und wenn eine Frau Sorgen hatte, wenn sie verwirrt war, wenn sie Angst hatte oder sich unwohl fühlte, dann sprach sie darüber. Sie konnte sich soviel Zeit nehmen, wie sie wollte, aber es wurde von ihr erwartet, daß sie sich vorher Gedanken darüber machte, was sie sagen wollte, damit sie sich nicht ewig wiederholte und den andern die Zeit stahl.

Danach ergriffen andere Frauen im Kreis das Wort, denen vielleicht im Leben ähnliches widerfahren war. Sie sprachen darüber, was sie unternommen und was sie unterlassen hatten, und was sie eigentlich hätten tun sollen. So konnte manchmal für eine Schwester eine Lösung gefunden werden. Manchmal genügte es einer Schwester schon, wenn sie angehört wurde und etwas Zuneigung bekam, auch wenn keine Lösung für ihr Problem gefunden wurde.

Es wurde von dir erwartet, daß du nicht nur über deine Probleme sprachst, sondern auch etwas dagegen unternahmst. Meistens ist es besser, etwas zu tun, egal was, als die Dinge einfach schlittern zu lassen. Aber manchmal ist es das beste, nichts zu *tun*, manchmal mußt du die richtige Zeit abwarten, bevor du *tun* kannst.

Eine Frau konnte so oft in den Kreis kommen, wie sie es für nötig hielt, aber der Kreis sollte eine Frau nicht dazu ermutigen, über ihre Probleme nur zu sprechen. Die ersten drei Mal, als du mit derselben Geschichte kamst, haben die Frauen zugehört und dir zu helfen versucht. Wenn du aber zum vierten Mal mit derselben alten Leier gekommen bist, sind die anderen einfach aufgestanden und weggegangen, um den Kreis woanders abzuhalten. Dies bedeutete nicht, daß sie dein

Problem für unwichtig hielten. Indem sie weggingen, sagten sie, es sei *dein* Problem, es sei Zeit, etwas dagegen zu tun, du hättest die Zeit aufgebraucht, die sie dir zur Verfügung stellten, und du solltest mit Reden aufhören und etwas *tun*.

Eine Frau mag sich nicht bewußt gewesen sein, was sie eigentlich bedrückte. Dann war es eine gute Sache, in den Kreis zu gehen oder sogar selber einen einzuberufen und einfach mit den Frauen zusammenzusitzen und zuzuhören. Und vielleicht konntest du Kraft schöpfen, weil dir jemand zulächelte oder dich liebkoste, und weil du mit Frauen zusammen warst, die dich liebten.

Eine Frau mußte das Gesicht des Feindes erkennen können, sonst konnte sie keine Kriegerin sein. Wer wie ein kopfloses Huhn umherrannte und nichts gegen seine Probleme *tat*, dem wurde das Stirnband der Kriegerinnen weggenommen, sie mußte von vorn beginnen und ihre Fähigkeit erneut unter Beweis stellen. Keine, die Probleme mit dem Trinken hatte, konnte Kriegerin werden. Bevor die anderen kamen, gab es keine Probleme mit dem Trinken, aber nachdem sie gekommen waren, wurde einigen das Stirnband abgenommen, weil sie nicht nüchtern bleiben konnten. Eine, die ihre Stimmungen und Launen nicht beherrschen konnte, durfte das Stirnband nicht mehr tragen, bis sie gelernt hatte, sich zu beherrschen. Wegen nichts und wieder nichts herumzutoben ist eine Verschwendung von Energie, die gegen den Feind gebraucht wird.

Als die Fremden kamen und die Seuchen ausbrachen, wurden die Kriegerinnen hart getroffen. Die Heilerinnen und die Frauen des Feuerkrautklans gehörten dem Geheimbund an, sie waren das Rückgrat des Kriegerinnenbundes, und sie haben am meisten abbekommen. Bald waren keine Frauen mehr im Kriegerinnenbund, sie starben im Kampf gegen die Keestadores, sie starben an der Seuche, oder sie starben, weil sie alt waren, und es gab nicht viele junge Frauen, die ihre Aufgaben übernehmen konnten. Weil es im Kriegerinnenbund immer weniger junge Frauen gab, wurden Frauen aus anderen Klans für den Geheimbund rekrutiert.

Wir wußten, daß wir nicht länger in der Öffentlichkeit stehen konnten, ohne vernichtet zu werden. Es war eine *Zeit*, eine Wendezeit, wir konnten nichts tun und mußten warten, bis wir eine Möglichkeit sahen, etwas zu tun. Deshalb ging der Kriegerinnenbund in den Untergrund, er wurde ebenso geheim wie der Frauenbund. Nur die Frauen des Kriegerinnenbundes wußten, wer ihm angehörte. Es war die einzige Möglichkeit, das Geheimnis zu bewahren.

Dies blieb während vier Generationen so. Nur die vertrauenswürdigsten Schwestern wußten, daß einige von uns das Stirnband nicht nur zur Zierde trugen, oder damit ihnen die Haare nicht ins Gesicht fielen. Manchmal haben Frauen, die nicht dazu berechtigt waren, das sogenannte Prinzessinnen-Stirnband getragen, aber die Kriegerinnen haben immer gewußt, wer das Zeichen tragen durfte und wer nicht. Und es half, das Geheimnis zu bewahren. Solange es die Leute für eine Mode hielten, wie etwa Lippenstifte, Büstenhalter oder spitze Schuhe, war die Wahrscheinlichkeit klein, daß jemand hinter die Wahrheit kam.

Jetzt leben wir wieder in einer Wendezeit, die Zeit ist reif für Veränderungen. Frauen erkennen den Feind. Frauen suchen nach Wahrheit. Sie reden mit jungen Frauen und sagen ihnen, daß Vergewaltigung mit Liebe nichts zu tun hat, geschweige denn mit Lust, und daß sich einige Leute damit nur ihrer Macht vergewissern wollen – irgendeiner Art veralteter Macht. Frauen lernen wieder, ihren Körper zu gebrauchen, sie lernen, sich selbst zu verteidigen und sie sagen, was es mit der Wahrheit, Alkohol, Pillen und Schamgefühlen auf sich hat. Sie suchen nach Wahrheit, nach Unterstützung, nach Liebe und nach einem Kreis, dem sie sich anschließen können.«

Oma nahm ihr Stirnband ab, hielt es in ihren alten Händen und lächelte es an, als ob es eine alte Freundin wäre.

»Das schwarze Band ist die Todesschnur«, sagte sie stolz. »Es ist ein Zeichen der Erinnerung an all die Frauen, die gestorben sind, als sie die sanfte Kraft verteidigten – der weißen Frauen, die als Hexen verbrannt wurden, der schwarzen Frauen, die als Sklavinnen verkauft wurden, der gelben Frauen, die verkrüppelt und wie Möbel verkauft wurden, der braunen Frauen, die vergewaltigt wurden und deren Körper mit Krankheiten verseucht und getötet wurden. Die Perlen sind etwas besonderes, jede hat ihren eigenen Zauber, ihre eigene Kraft. An jedem Ende der Todesschnur hängen vier davon, weil vier eine vollkommene, eine wahre Zahl ist. Auch wenn die Todesschnur ein Schnürsenkel wäre, bliebe sie immer noch, was sie ist: ein Erinnerungszeichen an all die Schwestern, die vor uns waren.« Sie legte das alte, rote Baumwollband wieder über ihre runzlige Stirn, zog es herunter und befestigte die Todesschnur an ihrem Haarknoten.

Ich betrachtete Susie und dachte an ihren Lebenskampf, an die Jahre der Verwirrung, des Schmerzes, der besoffenen Parties, an die Zeit, die sie bei Pflegeeltern verbracht hatte, an die Zeit, in der sie fern vom Dorf in den städtischen Schulen war. Sie hatte sich selbst so verrückt gemacht, daß Oma zu einem anderen Bund ging und Susie *packen* ließ. Darauf folgten Monate der Prüfung im Großen Haus.

Gepackt zu werden ist ein erschreckendes Erlebnis, wahrscheinlich die härteste Erfahrung, die ein Mensch machen kann. Ohne Vorwarnung wirst du von maskierten Gestalten umzingelt, und du hast keine Ahnung, wer sie sind. Es ist schrecklich, auf einmal niemanden erkennen zu können, wenn du in einem Dorf aufgewachsen bist, wo du alle kennst. Die Tänzer bringen dich an die Grenze des Erträglichen, sie konfrontieren dich mit sämtlichen Ängsten, die du jemals gehabt hast, und kurz bevor du durchdrehst, bringen sie dich zurück. Sie holen dich mit Liedern, Tänzen, Ritualen und Magie vom Abgrund des totalen Wahnsinns zurück, und du wirst nie mehr vor irgend etwas wirklich Angst haben. Du hast deinen schlimmsten Ängsten ins Auge geschaut, du hast sie durchlebt und bist zurückgekommen, und von da an kennst du deine Stärken.

Ich wußte, daß meine Augen feucht waren, ich spürte die Tränen auf meinem Gesicht, ich wußte, daß die älteren Schwestern sahen, wie ich fühlte, und daß sie meine Gefühle teilten. Wenn jemals eine um ihr Leben kämpfen mußte, dann war es Susie, und wenn jemals eine einen Sieg errungen hatte, dann war sie es. Nachdem sie *gepackt* worden war, brachte Susie ihr Leben ins reine, sie ging an die Universität, studierte hart und wurde schließlich Assistenzärztin. Zusammen mit ihrem Baby Liniculla kam sie nach Hause zurück, um für ihre Leute zu arbeiten. Sie ging in die kleinen Häfen und Dörfer, um die Kranken zu heilen und die

Traurigen zu trösten. Sie hat mir mein ganzes Leben lang alles bedeutet, sie ist meine beste Freundin, Teilhaberin meiner Geheimnisse, adoptierte Schwester, sie ist die Schulter, an der ich mich ausweinen kann, und sogar als sie verloren, verwirrt und verängstigt war, hat sie den Mut nie verloren.

Wir tranken alle noch eine Tasse Tee, dann gingen die alten Frauen heim, und wir begannen mit dem Abendessen. Danach holten wir die Wäsche herein und hängten sie im Haus an die Leinen, damit sie ganz trocknete. Susie und Liniculla blieben zum Abendessen, und als wir zu Bett gingen, hingen die Hosen, Socken und Pullover immer noch, die Fenster waren beschlagen, und es roch, als ob die Brise von draußen im Haus gefangen sei.

Am nächsten Morgen war der Regen wieder da, ich hörte ihn aufs Dach prasseln und erwachte in grimmiger Stimmung. Susie schlief noch, sie lag zusammengerollt wie eine Katze im Bett, und ich hörte, wie Oma und Liniculla in der Küche schnatterten, während sie das Frühstück vorbereiteten. Ich wollte nicht aufstehen, aber dann öffnete Susie die Augen und sah, wie ich den Regen anstarrte. Sie legte ihren Fuß an meinen Rücken und stieß zu – ich war aus dem Bett, ob es mir nun paßte oder nicht.

»Da ist was gekommen«, deutete Oma mit einer Kopfbewegung an, dann reichte sie jeder von uns eine Tasse Kaffee. Vor der Tür lagen zwei braune Papiertüten, auf der einen stand mein Name mit Bleistift, auf der anderen derjenige von Susie. Es sah so aus, als habe jemand in der Nacht einfach die Haustür aufgemacht, die Tüten hinter der Tür auf den Boden gestellt und sei gleich wieder gegangen. Ich öffnete die Tüte mit meinem Namen und zog ein rotes Baumwolltaschentuch heraus, es war gefaltet und geknotet, am Knoten baumelte ein schwarzer Schnürsenkel. Ich hielt es in der Hand, fand keine Worte und starrte es verblüfft an.

»Wir rekrutieren wieder«, sagte Oma zufrieden, während sie die Schinkenscheiben in die schwarze, gußeiserne Bratpfanne legte. »Wir laden Frauen ein, die das Gesicht des Feindes erkennen können und die gewillt sind, etwas zu tun. Ihr müßt die Einladung nicht annehmen, wenn ihr das Gefühl habt, die Last sei zu schwer für eure Schultern. Es ist eure Entscheidung.«

Susie ging aus dem Haus und kam mit der Adlerfeder zurück, die sie von ihrer Großmutter bekommen hatte, bevor diese starb. Sie setzte sich und begann zu nähen, der Schinken und die Eier brutzelten unterdessen in der Pfanne, und ihr Kaffee wurde kalt. Sie ersetzte den Schnürsenkel durch ein schwarzes Band, das sie durch den Knoten ihres blauen Stirnbandes zog. Ich besetzte meinen Schnürsenkel mit großen blauen Glasperlen, ich war stolz und beängstigt und vieles mehr. Ich überreichte Oma das Stirnband. Liniculla schaute uns neidisch zu.

»Oma?« war alles, was ich herausbrachte, aber Oma wußte, was ich wollte. Ich drehte mich um, so daß ich ihr den Rücken zukehrte und ging etwas in die Knie, weil sie viel kleiner ist als ich. Dann streifte mir meine Oma das Stirnband über, befestigte die Todesschnur an meinem Haarzopf und gab mir einen kleinen Klaps auf den Kopf.

»Das wär's«, sagte sie, und ich glaube kaum, daß sie jemals zuvor so zufrieden geklungen hatte.

Ich konnte Susie ansehen, daß sie gleich fühlte wie

ich, sie schluckte leer und überreichte Oma das Stirnband. Dann setzte sie sich flink und zwinkerte mit den Augen. Liniculla und ich lachten uns an, während Oma mit ihren alten, runzligen Händen dafür sorgte, daß auch Susies Kriegerinnenband perfekt saß.

»Sieht gut aus«, bestätigte Oma.

»Fühlt sich gut an«, sagten Susie und ich gleichzeitig. Wir lachten alle, wir umarmten uns und fühlten uns großartig, und selbst der endlose Regen konnte diesem glanzvollen Tag nichts anhaben.

Das Gesicht von Alte Frau

Der Regen peitschte gegen die Fenster, und die pechschwarze Nacht drückte wie ein wärmesuchender Bär gegen die Hauswände. Der Teekessel dampfte auf dem großen, schwarzen Holzofen, und das Tick-tick-tick von Omas Stricknadeln begleitete die Musik aus dem Radio.

Susie war auf ihrer monatlichen Rundreise zu den Dörfern und Häfen der Umgebung. Sie hatte Liniculla mitgenommen, damit sie einmal sehen konnte, was Mama mit ihren Utensilien machte, wenn sie während einer Woche für den Gemeindekrankendienst unterwegs war. Gleichzeitig konnte ihr Susie einige der Orte zeigen, die sie aufsuchte, wenn das Mickeymouse-Funkgerät mitten in der Nacht krächzte und sie mit ihren Koffern zum Schnellboot rannte, wo Big Bill bereits mit laufenden Motoren auf sie wartete.

Oma hatte mir zum ersten Mal die Erlaubnis gegeben, einige Geschichten aufzuschreiben. Nun saß ich mit meinem roten, 250seitigen Notizbuch am Tisch, kaute am Plastikhütchen meines Kugelschreibers und starrte Löcher in die Decke. Ich hatte die größte Mühe, etwas aufs Papier zu bringen.

»Siehst aus, als ob du Probleme hättest«, sagte Oma herausfordernd.

Darüber hätte ich mit einem Witz über die schwierige Suche nach englischen Ausdrücken für Nootka-Begriffe hinweggehen können; Oma hätte mein Ausweichmanöver natürlich gemerkt, aber sie hätte es akzeptiert. Ihre Bemerkung war kein Befehl, sie wollte mich nur dazu auffordern, Vertrauen zu haben. Ich hatte seit Tagen auf eine solche Einladung gewartet und war froh, daß Oma sie ausgesprochen hatte.

»Ich habe tatsächlich Probleme«, gab ich zu.

»Willst du darüber reden?«

Sie hörte nicht auf zu stricken, aber ihre Augen schauten in die meinen, und ich wußte, daß sie schon mehr als nur eine Ahnung davon hatte, was mir zu schaffen machte. Sie wußte es schon fast so lange, wie ich selber daran herumkaute.

»Es sind die Geschichten.« Ich legte den Kugelschreiber aus der Hand und sprach zum dritten Auge, das heute nur noch wenige Menschen benutzen und das man nicht sehen kann, das aber trotzdem existiert, direkt über unserer Nase. »Während all den Jahren wurde dies geheimgehalten. Allen, die davon Wind bekommen und Fragen gestellt haben, haben wir lächelnd geantwortet: ›Geheimer Frauenbund? Muß ein ganz großes Geheimnis sein, habe nie davon gehört.‹ Schon als ich klein war, wurde mir beigebracht, ich dürfe über gewisse Dinge nicht mit Fremden reden, ich dürfe den Anthropologen, den Ethnologen, den Linguistikern, und wie sie alle heißen, nur das erzählen, was sie hören wollten, ich dürfe ihnen nichts sagen, wenn sie herumstöberten und Fragen stellten. Nun soll es plötzlich in Ordnung sein, wenn ich es zu Papier bringe und vielleicht sogar ein Buch darüber schreibe, das dann andere lesen können.«

»Andere Frauen«, korrigierte Oma. »Es lag an uns, die Geheimnisse zu wahren, weil die Langröcke die Wahrheit vernichten wollten. Nun, wir haben sie bewahrt wie ein kleines Lagerfeuer, unsere Leben waren die Holzscheite, von denen jeweils eines oder zwei aufs Feuer gelegt wurden, damit es nicht erlosch. Aber die Wahrheit gehört nicht uns allein.«

Normalerweise bin ich diejenige, die aufsteht, um die Tassen und den Zucker auf den Tisch zu stellen und den Tee zu kochen. In jener Nacht war es Oma, ich saß einfach da und sah ihr zu, wie sie fleißig in der Küche herumhantierte, sie, die kleine, pummelige, runzelgesichtige, alte Frau, die ihr ganzes Leben damit verbracht hatte, ein Lagerfeuer zu unterhalten, und die sich fast mein ganzes Leben lang um mich gekümmert hat. Viele Leute mögen denken, sie sei hausbacken. Sie ist runzlig wie ein alter Apfel, die Venen in ihren Beinen sind vom jahrelangen Gehen geschwollen, und weil ihre Gelenke von der Arthritis befallen wurden, hinkt sie ein wenig, sie hat einen rollenden Gang, wie ein Fischer, der sich nach vielen Tagen an Deck noch nicht an den festen Boden gewöhnt hat. Du siehst sie an, und du weißt, daß sie ein langes, hartes Leben voller Schmerz und Tränen hinter sich hat. Trotzdem glaube ich, mein Leben lang keinen so schönen Menschen gekannt zu haben.

Sie reichte mir eine Tasse Tee und setzte sich wieder in ihren Stuhl neben dem Ofen. Ich starrte auf den Dampf, der aus der Tasse aufstieg und suchte nach Argumenten. Natürlich fand ich keine.

»Als die vier Familien nach der Sintflut weggegangen waren« sagte sie, ohne mich anzusehen, »haben sie Wissen mitgenommen; ich weiß nicht, was geschah oder was schiefgelaufen war. Ich kenne nicht einmal alle Orte, wo sie hingegangen sind. Aber etwas muß passiert sein, sonst hätte das Wissen nicht so gelitten. Es mag noch kleine Stücke geben, die überall verstreut sind, aber das meiste ist verloren. Nur hier, wo es begann, konnten die Frauen das meiste bewahren, aber nicht alles. Zu viele von uns sind an der Seuche gestorben, und was übrigblieb, ist lückenhaft.«

Sie wechselte jetzt ständig zwischen Englisch und Nootka, schlürfte ihren Tee, beobachtete Schatten im Zimmer, die nur sie sehen konnte, und rief die Kraft um Hilfe an.

»Dieses Zeug ist nicht nur für die Nootka, die Indianer, die indianischen Frauen oder die wenigen Mitglieder des Bundes. Das Zeug ist für die Frauen. Für die schwarzen Frauen, die von den Enkelkindern von Kupferfrau abstammen. Für die gelben Frauen, die die gleichen Großeltern haben wie wir, wenn man weit genug zurückgeht. Für die weißen Frauen, auch sie kommen aus dem Bauch von Kupferfrau. Wozu haben wir es bewahrt, wenn wir es nicht mit andern teilen? Wir werden jedes Jahr weniger im Bund. Die Alten sterben, und die Jungen wurden von den Eindringlingen erzogen, sie *wissen* nicht, und wir vertrauen ihnen zuwenig, um ihnen alles mitzuteilen. Manchmal kann ein Geheimnis sterben. Und manchmal kann ein Geheimnis töten. Aber ein Buch wird vielleicht von einigen Frauen gelesen, und sie werden *wissen*.«

»Oma«, sagte ich mit zitternder Stimme, »wenn dies alles aufgeschrieben wird, und wir finden jemanden, der es druckt … weißt du, was dann passiert?«

»Freilich!« sagte sie grinsend, »sämtliche Experten aller Universitäten werden Dünnschiß bekommen! Sie werden sich auf all die Bücher berufen, die von Männern geschrieben wurden, sie werden behaupten, es seien lauter Lügen. Sie werden lautstark verkünden, in den von den Männern geschriebenen Büchern stehe die Wahrheit, und dieses hier sei frei erfunden.«

»Oma, du weißt doch, was geschah, als wir denen von der Universität erzählten, wir seien mit den Einbäumen zu den Hawaii-Inseln gefahren, bevor Cook dorthin gelangte.«

»O ja!« kicherte sie, »sie wollten das genaue Jahr wissen, und als wir es ihnen auf dem Kalender nicht zeigen konnten, sagten sie, wir seien gar nicht dort gewesen. Na und? Das Zeug ist ohnehin nicht für Männer bestimmt. Es ist nicht für die bestimmt, die Bücher mit Lügen vollkleckern. Das Zeug ist für Frauen.« Ihre Augen durchbohrten mich. »*Du* hast mir gesagt, die Universität würde dir nichts bringen! *Du* hast mir gesagt, sie redeten dort eine Sprache, die niemand verstehen könne! *Du* hast mir gesagt, es würde dir übel von all dem Ramsch, den sie erzählten, und daß sie keinen Respekt vor Frauen oder vor Indianerinnen haben, und daß du deshalb doppelt betroffen seist und deshalb nicht hingehen willst.«

»Ja, das stimmt«, mußte ich zugeben.

»Gut.« Sie lehnte sich in ihrem Stuhl zurück. »Laß sie ruhig denken, es sei alles Scheißdreck. Frauen, die an den Universitäten der Männer kein gutes Gefühl haben, werden vielleicht mit diesen Sachen ihren Frieden finden.«

»Oma, ich habe Angst«, bekannte ich.

»O ja, ich weiß. Aber ich kann nicht verstehen, warum. Deshalb frage ich.«

»Sie werden als erstes zu den Politikern gehen. Sie werden zu den Männern gehen und sie fragen, ob es wahr sei. Und die meisten indianischen Politiker wissen nichts über den Geheimbund.«

»Viele wissen davon«, korrigierte Oma, »aber es wurde ihnen gesagt, dies gehe nur die Frauen etwas an, es sei geheim, und sie haben es geheimgehalten.«

»Nun, aber wenn sie sagen, es sei Scheißdreck?«

»Na und? Ihr Großmütter haben ihnen beigebracht, sie dürften es niemandem sagen. Gute Männer gehorchen ihren Großmüttern. Es spielt keine Rolle, was die Männer sagen, solange wir wissen.«

»Oma, alles, was wir jemals hatten, wurde uns gestohlen. Was geschieht, wenn ...« Ich konnte nicht weitersprechen.

»Was uns mit Liebe geschenkt wurde, kann uns nicht gestohlen werden.« Sie sah mich an, als ob sie enttäuscht darüber wäre, daß ich nach all den Jahren, in denen sie mir etwas beizubringen versuchte, noch immer nicht alles kapiert hatte. »Es wird Frauen geben, die sich darauf stürzen, sie werden versuchen, eine Religion draus zu machen, sie werden wie Expertinnen daherreden, sie werden versuchen, vor anderen Frauen großartig und schlau dazustehen. Nach einer Weile werden sie genug davon haben und aufgeben, aber für die, die weiter nach der Wahrheit suchen, wird sie immer noch da sein. Du machst dir zuviele Sorgen, Ki-Ki.«

»Du sagst es ja selber. Sogar unseren eigenen jungen Frauen können wir nicht trauen, weil sie anders erzogen wurden.«

»Wir können ihnen nicht vertrauen, was die Geheimhaltung betrifft. Wenn es aber kein Geheimnis mehr ist, dann gibt es keinen Grund, ihnen nicht zu trauen. Sie sind Frauen. Einige werden eifersüchtig sein, weil sie nichts davon wissen; sie werden herumkreischen und sagen, es seien Lügen, aber wir müssen lernen, das zu hassen, was sie tun, und sie dennoch zu lieben. Es ist nicht ihr Fehler, Ki-Ki. Sie sind dazu erzogen worden, von Männern beherrscht zu werden. Aber sie sind Frauen. In etwas müssen wir doch Vertrauen haben.«

Sie sah mich an und weinte. »Ich bin müde, Ki-Ki. Tief in mir drinnen bin ich müde, an einer Stelle, wo ich vorher nie müde war. Ich bin die älteste Frau, und es gibt zuwenig Schwestern im Bund, die mir die nötige Kraft zurückgeben können, wenn ich so müde bin. Ich muß Vertrauen zu mir selbst haben. Ich muß Vertrauen haben in Alte Frau. Ich muß Vertrauen haben in dich und in das, was du willst. Es muß einen Grund dafür geben, daß du so Zeug aufs Papier kritzelst, seit du elf bist. Es muß einen Grund dafür geben, daß du zu einer Zeit schreibst, in der die Frauen überall aufstehen und sagen, sie wollten die Wahrheit der Frau kennen und nicht mehr auf den Quatsch der Langröcke hören.«

Sie erinnerte sich ihres Tees und nahm einen Schluck, worauf ihre Stimme wieder kräftiger klang. »Manchmal mußt du einfach darauf vertrauen, daß deine Geheimnisse lange genug geheimgehalten wurden.«

Ich hatte ein gutes Gefühl und war drauf und dran, es mit dem Schreiben nochmals zu versuchen. Oma goß Tee nach und legte ein Scheit aufs Feuer. Als sie sich umdrehte, war sie nicht mehr meine Oma. Ihr Gesicht war scharfkantig, ihr Mund sah aus wie ein verschnürter Beutel, voller Runzeln und Furchen, viele tausend Jahre alt. Ich starrte in das Gesicht von Alte Frau, ich spürte, wie der Stuhl unter mir wegschmolz und der Tisch verschwand, bis nur noch Alte Frau da war, die mit Omas Stimme sprach. Aber Omas Stimme veränderte sich, und ich war mit Alte Frau allein, und wir waren nicht mehr in der Küche des Hauses, in dem ich wohne.

»Es gibt mehr«, sagte sie, ihre Stimme erfüllte meinen Kopf. »Es gibt eine Kraft, die anders ist als die Kraft, mit der wir täglich leben. Es ist die Kraft, die uns das Schweben lehrte, die es uns ermöglicht, unsere Körper zu verlassen und wie Singvögel zu fliegen, und es ist die Kraft, die es Alte Frau ermöglicht, Nebel zu sein, auf dem Wind zu reiten oder durch die alte Frau zu sprechen.

Diese Kraft gibt es seit langer, langer Zeit, in mehr Welten als dieser, auf mehr Erden als dieser. Genauso, wie Feuer und Wasser, warm und kalt, hart und weich, Mann und Frau Gegensätze sind, gibt es auch einen Gegensatz zur guten Kraft. Es ist die Kraft, die böse ist. Nicht alle kennen den Unterschied.

Unsere Schwestern auf der Insel starben an Krankheiten, am Alkohol, an Verzweiflung und an der Angst, weil sie die sanfte Kraft verteidigten. Andere Schwestern an anderen Orten starben an der Folter, sie starben durchs Schwert und wurden ertränkt, weil sie die sanfte Kraft verteidigten. Seit es Menschen gibt, sind auf der ganzen Erde Frauen bei der Verteidigung der Geheimnisse gestorben. Wenn der Feind herausfindet, welche von uns das Gesicht des Bösen kennt, greift er an. ›Du sollst es nicht erdulden, eine Hexe leben zu lassen‹, sagten sie, und Frauen starben, weil die kalte, harte Macht uns nicht zu lernen erlaubt, daß Frauen für etwas anderes geschaffen wurden, als um benutzt und beherrscht zu werden.

Frauen fügen die einzelnen Teile der Wahrheit zusammen. Frauen glauben wieder daran, daß wir ein Recht auf Ganzheit haben. Verstreute Teile der schwarzen, gelben und weißen Schwestern kommen zusammen und versuchen, ein Ganzes zu formen. Aber ohne die Teile, die wir gerettet und gepflegt haben, kann es nicht ganz werden. Ohne die Wahrheit, die wir beschützt haben, fehlen den Frauen die nötigen Waffen zur Verteidigung. Wenn wir unsere Geheimnisse noch länger für uns behalten, helfen wir dem Bösen, den Geist der Frauen zu zerstören.

Wir müssen unseren Schwestern – allen unseren Schwestern – die Hand reichen und sie darum bitten, ihre Wahrheit mit uns zu teilen, und wir müssen unsere Wahrheit mit ihnen teilen. Es bleibt uns nichts anderes übrig, als darauf zu vertrauen, daß dieses Geschenk von Frauen für Frauen mit Liebe und Respekt behandelt wird, auf eine Weise, die das Gegenteil ist von dem, was anderen Dingen auf dieser Insel durch das Böse widerfuhr. Flüsse, die einst sauber waren, sind dreckig, Berge, die mit grünen Bäumen bewachsen waren, sind nackt, das Meer kämpft uns Überleben. Wo früher Millionen Fische schwammen, gibt es keine mehr, und dies ist das Werk des kalten Bösen. Der letzte Schatz, der uns geblieben ist, sind die Geheimnisse des Matriarchats. Sie können von Frauen mitgeteilt und in Ehren gehalten werden, sie können zum Beweis dafür werden, daß es einen anderen Weg gibt, einen besseren Weg, und einige von uns können sich an ihn erinnern.

Es gibt mehr als eine Straße, die zum Leben nach dem Leben führt, es gibt mehr als eine Art zu lieben, es gibt mehr als einen Weg, die andere Hälfte seines Selbst in einem anderen Menschen zu finden, es gibt mehr als eine Art, den Feind zu bekämpfen.«

Unvermittelt saß ich wieder am Küchentisch, Oma saß in ihrem Schaukelstuhl und starrte auf den Boden, sie sah alt und müde aus, und ich erkannte auf einmal mit Bedauern, daß ihre *Zeit* voll wurde. Ich stand auf, ging zum Ofen und legte Holz auf die fast erloschene Glut, dann ging ich zu Oma, um sie festzuhalten. Sie wußte, daß ich bei ihr war, auch wenn sie sich nicht bewegte und nichts sagte. Ich ging von ihr weg, damit sie Zeit hatte, in ihren eigenen Körper zurückzukommen, in den Körper, dem eben erst Alte Frau innegewohnt hatte. Als das Wasser im Kessel kochte, machte ich meiner Oma Tee, sie lächelte, und ich küßte sie auf die Wange, dann setzte ich mich hin, um an dem Buch zu schreiben.

Ich hörte Oma nicht, als sie aufstand, ich sah nicht, wie sie mir Tee nachschenkte, und ich hörte ihre langsamen Schritte nicht, als sie zu Bett ging. Ich griff nach meinem Kugelschreiber und starrte ihn während einiger Minuten an, dann fühlte ich, wie sich mein Gesicht verhärtete, wie mein Mund Falten bekam und wie mein Körper kalt wurde. Als ich in diese Welt zurückgekehrt war, war der Ofen erloschen, ich fröstelte und war steif, mein Tee war kalt, und auf meinen Seiten stand so etwas wie ein Gedicht oder ein Lied, vielleicht mehrere Lieder, oder vielleicht alles zusammen. Und damals wie heute weiß ich, daß das, was wir auf dieser Insel beschützt haben, nicht vollständig ist. Das Wissen ist verstreut, aber wenn wir unser Wissen allen Frauen zugänglich machen, können sich die verstreuten Teile wieder vereinigen. Und diejenigen, die des Friedens, des Mutes, der Wahrheit und der Liebe bedürfen, sie werden erkennen, daß diese Dinge in uns allen zu finden sind, daß sie von der Wahrheit der Frauen genährt werden können.

Ich bin das Meer
Ich bin die Berge
Ich bin das Licht
Ich bin ewig

Diese Verwirrung ist wie ein Nebel
Hinter dem es ein Licht gibt
Ich spüre es und fühle seine Wärme

Ich gehe darauf zu
aber nicht zu ungestüm
ich fürchte zu straucheln
schmerzhaft zu fallen

Überall gibt es Frauen mit Fragmenten
Wenn wir lernen zusammenzukommen, sind wir ganz
wenn wir lernen, den Feind zu erkennen
werden wir erkennen, was wir wissen müssen
um zu lernen, wie wir zusammenkommen

Ich kenne die vielen lachenden Gesichter meines Feindes
Ich kenne die Anmaßung der benutzten Waffe
Ich war der Feind
und lerne wohl, mich selbst zu kennen

Die nur mit ihrer Kehle sprechen
nur mit zwei Augen sehen
nur mit Ohren hören
aber mehr vorgeben, als sie tun
sind die Feinde

Ich gehe auf Splittern
und fürchte mich zu schneiden

Ich muß bereit sein zu bluten
Ich muß bereit sein, mich zu schneiden
den fauligen Schmerz
zu amputieren

Ich werde lernen
für die mit Vertrauen Medizinbeutel zu machen
Ich werde den Gesang der Kraft erlernen
Ich werde lernen
für die mit Vertrauen Medizinbeutel zu machen
Ich werde den Gesang der Kraft erlernen
und die Heilungstrommel zu schlagen
Ich werde mich nicht fürchten vor den Stimmen aus dem Moor
        Wassergesängen
        kleinen pelzigen Dingern mit scharfen Zähnen
        oder meiner Unschlüssigkeit
Ich falle
Ich falle
        über die Sterne hinaus
        über die Zeit hinaus
        und meine eigenen Fragmente

o Schwestern, dieser Schmerz

Ich bin verstreut
Ich bin verstreut

        sammelt Fragmente
        webt und flickt
        verstreute Fragmente
        webt und flickt

In goldenem Licht
erkenne ich die Gesichter des Feindes
Angst vor unseren Körpern
Angst vor unseren Visionen
Angst vor unserem Heilen
Angst vor unserer Liebe
Angst vor Schwestern
Angst vor Brüdern
Angst vor der Angst

Liebe ist Heilen
Heilen ist Liebe

Überall gibt es Schwestern mit Fragmenten
sammelt Fragmente
webt und flickt
Wenn wir lernen zusammenzukommen, sind wir ganz
Wenn wir lernen, den Feind zu erkennen
werden wir wissen, was wir wissen müssen
um zusammenzukommen
um das Weben und Flicken zu lernen

Alte Frau wacht
Wacht über dich
in der Dunkelheit des Sturms
wacht sie
wacht sie über dich

webt und flickt
webt und flickt
Alte Frau wacht
wacht über dich
aus ihren Knochen wurde ein Webstuhl

sie webt
wacht über uns
webt und flickt
goldener Kreis
webt und flickt
heilige Schwestern
webt und flickt

Ich war auf der Suche
verloren
allein
Ich war auf der Suche
während so vieler Jahre

Ich war auf der Suche
Alte Frau

und ich finde sie
in
mir selbst

Im Verlag Im Waldgut ist erschienen

Wang Meng
Rare Gabe Torheit
Roman

Ni Wucheng, Dozent an einer Universität in Peking, ist ein glühender Verehrer der westlichen Welt mit ihren Idealen, Ideologien und ihrer Zivilisation. Er sieht im Leben eines Europäers nur die Oberfläche: Glück, Glanz und Ruhm. China, so seine Devise, müsse radikal europäisiert werden, will es nicht im Abfallkübel der Geschichte landen; er versteht nicht, daß Chinas jahrtausendealte Traditionen und Kulturen nicht einfach ausgetauscht werden können.
Noch eindringlicher als die »äußere« Geschichte ist die private: Der Schwätzer und Feigling Ni Wucheng tyrannisiert Frau, Kinder, die übrige Familie und Umgebung in so grotesker Weise, daß alles zerbricht – die Folgen jedoch will er nicht tragen. Das Aufeinanderprallen der westlichen Ideen mit dem alten China, den alten Werten, entlarvt beide Kulturkreise schonungslos. Die Fähigkeit Wang Mengs, brisante Themen in eine Sprache zu bringen, die von Sachlichkeit über Ironie bis zur bösen Satire reicht, macht die Geschichte zu einem hochinteressanten Roman mit aktueller Thematik.
Der Osten lernt den Kapitalismus. Und so wirken sich die Reformen auf den Alltag aus.

Wang Meng ist einer der profiliertesten Autoren Chinas. Abwechselnd war er Verfolgter und Machtträger. Er hat die rare Gabe, Ideologien, geschichtliche Abläufe, banalsten Alltag, Ehe- und Familienleben unter widerlichen Verhältnissen, und immer wieder ferne Träume und Illusionen bildhaft und spannend darzustellen. Damit bringt er Lebensweisen zur Diskussion – auch die unsere.
